DANIEL POLIQUIN

Né à Ottawa, en Ontario, en 1953, Daniel Poliquin affirme tôt sa solidarité avec cette francité ontarienne qui refuse l'ensevelissement. Militant pour l'école française, il parcourt sa province natale et en rapporte le souvenir de voix et de paysages qui enrichiront son œuvre à venir. Parallèlement, il acquiert une solide formation littéraire. Germaniste, comparatiste, docteur ès lettres, il pratique successivement les métiers de professeur, de traducteur et d'interprète. On lui doit la traduction française d'œuvres de plusieurs auteurs célèbres : Jack Kerouac et Mordecai Richler, entre autres. Ses premières œuvres témoignent d'une thématique résolument franco-ontarienne dont il s'éloignera peu à peu. D'un livre à l'autre, de *Temps pascal* à *L'homme de paille*, en passant par *L'Obomsawin* et *Visions de Jude*, Daniel Poliquin a su imposer une voix littéraire qui ne ressemble à aucune autre.

L'OBOMSAWIN

L'Obomsawin est un peintre connu qui cherche l'oubli dans son village natal, Sioux Junction, une bourgade déliquescente du nord de l'Ontario, au Canada. Accusé d'avoir incendié sa maison, Tom Obomsawin est traduit en justice, mais son procès cède vite la place à un récit biographique. Bientôt, c'est tout Sioux Junction qui se met à témoigner et, avec le village, une société tout entière qui adresse ses reproches à l'artiste. Certes, on lui est reconnaissant d'avoir donné vie à une œuvre, sauf qu'on refuse d'entendre ce que cette œuvre dit. Et toutes ces péripéties ne font-elles pas oublier l'homme, sa peinture, sa vie, son crime ? Il ne restera plus au bout de ce roman frontière que le souvenir d'un temps toujours fécond, mais fuyant.

L'OBOMSAWIN

DANIEL POLIQUIN

L'Obomsawin

Nouvelle édition

BIBLIOTHÈQUE QUÉBÉCOISE

BQ BIBLIOTHÈQUE QUÉBÉCOISE est une société d'édition administrée conjointement par les Éditions Hurtubise inc. et Leméac Éditeur. BQ reconnaît l'aide financière du gouvernement du Canada par l'entremise du Fonds du livre du Canada pour ses activités d'édition et remercie le Conseil des arts du Canada, la Société de développement des entreprises culturelles du Québec (SODEC) et le Programme de crédit d'impôt pour l'édition de livres du Québec (Gestion SODEC) du soutien accordé à son programme de publication.

Conception graphique : Gianni Caccia
Typographie et montage : Dürer *et al.* (MONTRÉAL)

Données de catalogage avant publication (Canada)

Poliquin, Daniel
L'Obomsawin
Éd. originale : Sudbury, Ont. : Prise de Parole, 1987.

ISBN 978-2-89406-155-8

I. Titre.

PS8581.0285026 1999 C843'.54 C99-940334-6
PS9581.0285026 1999 PQ3919.2.P64026 1999

Dépôt légal : 1er trimestre 1999
Bibliothèque et Archives nationales du Québec

Distribution/diffusion au Canada :
Distribution HMH

Distribution/diffusion en Europe :
DNM-Distribution du Nouveau Monde

IMPRIMÉ AU CANADA

1

L'Obomsawin somnole.

Il est seul. Le seul occupant du seul banc public de Sioux Junction, sa ville natale, où il subit son procès pour incendie criminel.

Banc public, c'est vite dit : un banc que lui-même, Obom, a arraché de l'église catholique ukrainienne fermée depuis longtemps, et où il passe presque tout son temps en attendant le verdict. Ville, façon de parler : il ne reste à peu près plus rien de Sioux Junction depuis que les employeurs en sont partis.

C'est Thomas Obomsawin, le peintre, un nom qui veut encore dire quelque chose. Son œuvre est connue dans toutes les capitales du monde. Il a déjà deux biographes : un professeur de Toronto et un critique montréalais.

L'Obomsawin n'est plus le même, toutefois. Il est temps de récrire sa vie. Je suis son troisième biographe.

* * *

L'Obomsawin est revenu à Sioux Junction il y a environ un an. Sa vie est une longue litanie de départs forcés et de retours consentis à Sioux, où il est né et où il mourra. Il est réapparu l'an dernier, décidé à ne plus jamais peindre. Il a tenu parole.

Pour le moment, disons que ça va mal. Thomas Christophe Obomsawin, né le 18 décembre 1935, à Sioux Junction, Province de l'Ontario, a été inculpé d'incendie criminel le 4 avril 1985 et traduit en Cour suprême de l'Ontario le 19 mai suivant, devant Son Honneur, le juge James H. Kendrick. Aux termes du Code criminel, quiconque est reconnu coupable d'avoir causé volontairement et de propos délibéré un incendie est passible de quatorze ans de détention. L'Obomsawin, qui semblait parfaitement indifférent à la question, a finalement plaidé non coupable sur les instances de son avocat, lequel lui a fait comprendre, non sans mal, que c'était sérieux. Si le procès tourne mal, c'est le pénitencier de Kingston pour longtemps, ou alors, l'internement à l'asile à Toronto. L'Obomsawin persiste à dire que de toute façon, sa vie s'achève, alors, vous ferez ce que vous voudrez... Toutefois, l'Obom n'est pas fâché du répit que lui donne le procès. Ça lui permet de repenser à un tas de choses auxquelles il avait cessé de penser depuis longtemps. Tom Obomsawin est presque heureux; il a l'impression de tenir en main, comme aux cartes, trois destins: la prison, l'asile, la mort. Il passe des journées entières à brasser ses cartes sans jamais se décider, car il aime l'indécision, le flou. Le choix final est pour bientôt. Peut-être que le jury choisira à sa place. On verra bien.

Le seul banc public de Sioux Junction fait face à la rue principale, à cent vingt-cinq mètres de l'Hôtel des Draveurs où siège la cour pour la circonstance. Le banc fait dos à la rivière, la Wicked Sarah, où treize enfants se sont noyés depuis la fondation de la ville au début du siècle. La dernière noyade — celle du petit L'Heureux, qui cherchait de l'or dans la rivière, comme les prospecteurs qui donnèrent la richesse à la ville — remonte au temps où la ville était menacée de fermeture. Le petit L'Heureux avait appris la veille que la ville allait fermer parce que la mine et la forêt ne donnaient plus rien. L'enfant s'était mis dans la tête que si on trouvait de l'or dans la Wicked Sarah, les prospecteurs reviendraient, et avec eux, les patrons, les Américains, les travailleurs, les familles nombreuses et le marchand de bonbons à la cenne qui était parti un mois plus tôt. À l'école, on lui avait appris que les fondateurs de la ville avaient fait fortune après avoir trouvé des pépites dorées dans les sables de la Wicked Sarah.

Aucun enfant ne s'est noyé depuis. Et pour cause : il n'y a plus d'enfants à Sioux Junction.

Deux ou trois fois par jour, l'Obomsawin vient attendre le verdict sur son banc. Il y a maintenant un mois que la cour siège. Le juge a entendu soixante-quatre témoins, les procureurs de la Couronne et de la défense ont interrogé l'Obomsawin lui-même pendant quatre journées entières, la cour a ajourné trois fois pour examiner à huis clos des pièces à conviction. Ça n'en finit plus. Il reste trente habitants à Sioux Junction. Douze d'entre eux sont membres du jury ; ça fait qu'il ne reste plus grand monde à qui parler. Il n'y a pas moyen de causer avec les jurés, comme de raison, ils sont liés par le serment d'office. Pour apprendre quelque chose de neuf sur l'Obomsawin, il faut s'adresser aux dix-huit habitants qui restent.

Et encore, ce n'est pas facile. — Il y en a qui sont pour lui à mort, qui jurent qu'il est innocent, sans toutefois donner d'arguments convaincants. Les autres sont persuadés que l'Obomsawin est un criminel depuis l'enfance. À l'un qui est pour, j'ai demandé ce qu'il pensait de toute cette affaire; il a dit: « L'Obomsawin est la fierté de Sioux Junction à cause de ses dessins. » Un qui est contre, un dénommé Roland Provençal, a déclaré: « Tom Obomsawin, c'est un christ d'écœurant, je le connais depuis qu'y est haut de même... Y mérite pas de vivre, l'enfant de chienne! » Pas moyen de savoir la vérité.

Tom est revenu il y a un an. Il s'est installé dans la maison qui appartenait autrefois à sa mère et que la banque avait saisie jadis pour défaut de paiement. Mais comme il n'y a plus de banque à Sioux, personne ne lui a fait de remarques. Ça fait qu'il est arrivé comme ça, un bon matin, sans s'annoncer, sans demander de permission. Tom a forcé la porte de la maison, restée vide depuis la mort de sa mère, six ans auparavant. En moins de quatre jours, il a remis la plomberie en état et coupé son bois de chauffage pour l'hiver. Après, on s'est lentement réhabitué à sa présence. Il ne sortait presque jamais, sauf pour faire une petite marche dans la ville, une heure par jour; ou alors, pour aller s'approvisionner au petit magasin général que tient Jo Constant à l'Hôtel des Draveurs. Parfois, aussi, Obom allait jaser avec un ami qui habitait à l'Hôtel des Draveurs.

Quand on dit « hôte », il faut faire attention; d'ailleurs, autant le dire tout de suite, les mots à Sioux Junction n'ont jamais le même sens qu'ailleurs. Aux

Draveurs, il n'y a que trois chambres et une salle de bains commune. Jo Constant est le propriétaire de l'hôtel. Autrefois, quand la ville marchait fort — c'était avant la fermeture de la scierie des frères Sauvé et avant la faillite des mines d'En-Haut — l'Hôtel des Draveurs était très prospère : le bar était tout le temps plein, la salle à manger aussi. Maintenant, l'hôtel a perdu son permis de vente d'alcools et, avant le procès, il n'y avait plus qu'un pensionnaire à longueur d'année : un travailleur social, en congé de dépression qui passait ses journées à écrire. Un grand blême tout le temps triste, qui n'avait rien à dire à personne, sauf à Obom.

Parfois, l'Obomsawin recevait des visiteurs chez lui. Il ne reçoit plus personne depuis qu'il a mis le feu à sa maison.

Depuis l'incendie, l'Obomsawin loge à l'Hôtel des Draveurs, dans une chambre que lui ont aménagée Jo Constant et sa femme, la grosse Cécile. Encore là, il faut préciser. Quand l'Obom a mis le feu à sa maison, c'est Jo Constant qui est venu l'arrêter. Dans ce qui reste de Sioux Junction, Jo Constant fait tout ce que l'autorité fait normalement. Il est à la fois maire, shérif, huissier, juge de paix, pompier, en plus d'être le seul hôtelier et le seul épicier de la ville. Évidemment, Jo occupe toutes ces charges sans jamais avoir été élu, sans jamais toucher le moindre salaire non plus. Quand la ville a pratiquement fermé pour toujours, Jo Constant, que personne auparavant n'avait pris au sérieux, a décidé d'occuper ces charges parce qu'il fallait bien que quelqu'un le fasse. Il remplit ses fonctions avec fierté, lui qui n'avait jamais été important.

Alors, quand l'Obomsawin a mis le feu à sa maison, Jo Constant l'a arrêté. Il n'y avait jamais eu de prison à

Sioux Junction, aussi Constant a-t-il désigné une des chambres de l'hôtel comme cellule en disant: «Je déclare cette pièce officiellement prison de Sioux Junction. Tiens, installe-toi là, mon Tom; mais t'es mon prisonnier astheure, oublie-le pas, t'as pas le droit de sortir d'ici sans ma permission, OK?» Obomsawin, qui était saoul comme une botte, s'en sacrait comme de l'an quarante. Constant a fait le raisonnement suivant: «Il est mon prisonnier, je vais demander pension pour lui au gouvernement; le gouvernement va payer, ça nous fera toujours ben un peu d'argent, parce que de ce temps-ci, les affaires vont pas fort.»

Le lendemain, donc, en sa qualité de juge de paix, Jo Constant doit convoquer Thomas Christophe Obomsawin à sa première comparution. Avant, il faut réveiller le prévenu qui ronfle comme une scie mécanique. En bon hôtelier, Jo veut savoir ce qu'il veut pour déjeuner. Pour la circonstance, et pour ne pas confondre ses charges publiques et privées, Jo demande à sa femme de réveiller le pensionnaire et de lui demander s'il aime ses œufs brouillés ou au miroir. Sa femme, la grosse Cécile, n'a pas la langue dans sa poche; elle ne veut rien savoir de tout ça: «Mon enfant de chienne, toé, t'as toujours dit que ce serait ta job de faire le déjeuner aux clients, pis astheure que tu fais l'important, que tu fais ton juge de paix, tu veux plus le faire? Ben, ça se passera pas de même, mon grand écœurant de lâche! Laisse faire! Vas-y le réveiller tout seul, ton Obomsawin! Moé, je fais ma job, je fais à manger, c'est ça ma job! Envoye, va le chercher; pour une fois qu'on a un client qui va rester icitte un boutte de temps, fais ta job d'hôtelier avant de faire ton juge.» Pour avoir la paix, Jo répond: «OK, mais c'est toé qui va le servir dans sa chambre, je peux pas tout faire icitte, moé. »

Le juge de paix Constant, après lecture de l'acte d'accusation dressé par le chef de police et shérif Constant, convoque le prévenu Thomas Christophe Obomsawin. Il signifie la convocation de première comparution tout de suite après avoir réveillé Obom, accusé et client. En guise de réponse, Tom se retourne dans son lit et dit de la voix de l'homme qui a trop bu : « Parle pas si fort, Jo, j'ai mal à tête ; je descendrai tantôt, je suis fatigué. » Et Jo : « La convocation dit neuf heures, mais tu peux venir quand tu veux, j'ai personne d'autre que toé aujourd'hui. »

La bonne femme Constant n'est toujours pas contente. Comme elle n'aime pas toutes ces simagrées, elle exige de son mari qu'il expulse Obom de la ville, comme ça se faisait dans le bon vieux temps, quand il n'y avait pas de prison à Sioux Junction. En tant que citoyenne de la ville, elle a le droit de demander qu'on chasse un presque robineux qui met le feu à sa maison sans raison ; et en tant que premier magistrat de la ville, Jo, lui, a le devoir d'exécuter le vœu de la population. Avec gravité, Constant invite sa femme à passer à son bureau où il pourra entendre sa requête dans les formes voulues. La grosse Cécile ne veut rien savoir. Elle envoie promener son Jo : « C'est pas parce qu'on épluche des patates ensemble que t'es obligé de faire ton important ; si tu veux pas m'écouter, au moins, viens pas m'écœurer ! Tu peux pas le mettre à porte, c'te maudit fou-là d'Obomsawin ? T'es trop mitaine pour ça, je suppose ? »

Un peu ébranlé au début, Constant répond que, désormais, l'affaire est entre les mains de la justice et que l'Obomsawin, quoi qu'on pense de lui, a droit à un procès juste et équitable. Il lui appartient à lui, le juge de paix, de protéger l'ordre public, également de traiter l'accusé avec équité. C'est son devoir : il représente, lui, Joseph Constant, la Justice à Sioux Junction, et il ne faudrait pas confondre ses attributions civiles et ses obligations d'hôtelier. Ce serait mal vu. Sa femme : « Organise tes affaires comme tu voudras, c'est pas moé qui va aller servir l'Obomsawin, un bon à rien. » Constant, pour la calmer, promet de faire sa part comme hôtelier. Il promet aussi d'appeler le bureau du procureur de la Couronne de Thunder Bay pour organiser la tenue du procès et prendre d'autres instructions, car, il faut l'avouer, c'est la première fois de sa carrière qu'une affaire de même lui tombe sur les bras.

Madame Constant est calmée maintenant : « C'est correct, astheure, va y demander qu'est-ce qu'y veut pour déjeuner. »

Après lecture de la convocation, à titre de shérif de Sioux Junction, Constant demande : « Obom, veux-tu des crêpes ou des œufs avec du bacon pour déjeuner ? » Obom : « Juste du café pis des toasts. » Constant : « Correct, Obom, je te les monte tout de suite. En attendant, tu peux prendre ta douche au bout du couloir ; si y te manque de quoi, appelle-moi. Mais descends à la salle à manger quand t'auras fini ; c'est là que je tiens ma cour. »

Vers onze heures, Obomsawin, après avoir bien dormi et bien déjeuné, retrouve Jo Constant dans la salle à manger, au rez-de-chaussée, où le juge de paix, en toge réglementaire, lit l'acte d'accusation rédigé par ses bons soins et demande : « Thomas Christophe Obomsawin, plaidez-vous coupable ou non coupable ? » Obomsawin répond : « Y reste plus de savon dans la douche, pis je prendrais d'autres toasts avec du café. Pis d'autre confiture de groseilles de ta femme, elle goûte bon.» Constant hésite: l'occasion de faire un petit profit aux frais du gouvernement, ou alors, la nécessité de faire respecter la justice du Canada à Sioux Junction. Il pense un moment, puis frappe deux coups sur la table de la salle à manger avec son maillet de juge de paix: «Le prévenu peut retourner finir son déjeuner, la Cour doit prendre certains renseignements sur la procédure qu'il convient de suivre dans les circonstances.» Là-dessus, il se lève dignement et sort par la porte de la cuisine. (Jo a prononcé ces dernières paroles en anglais, puisque l'anglais a toujours été la langue de la justice en Ontario. Mais, tout à coup, en enlevant sa toge pour remettre son tablier, Jo se rappelle que la Cour criminelle a le droit d'entendre des procès en français depuis peu, si tel est le désir de l'accusé; c'était écrit dans le journal de Thunder Bay il n'y a pas longtemps.) Alors Jo se ravise, enlève son tablier de cuisine, remet sa toge et retourne à la salle à manger redevenue salle d'audience, où l'Obomsawin bâille à montrer toutes ses dents. Jo reprend sa place à la grande table du fond avec, devant lui, l'écritoire et le maillet. Il frappe un coup et dit: «Does the accused want a trial in French?» Et l'Obomsawin: «Oui, pis tu m'apporteras deux œufs pis du bacon aussi, y commence à être tard, j'ai faim.» Le juge Constant prend note: «Bon, ça fait que tu veux un procès en français pis deux œufs avec du bacon. Au miroir ou brouillés, tes œufs?» «Au miroir», dit l'autre. «OK, pis veux-tu un procès avec juge seul ou avec juge et jury? Moi, ça me fait pas de différence. Avec jury, y paraît que ça prend plus de temps. Décide ça pendant que je vas te chercher tes œufs. Au miroir, t'as dit?»

Quand Jo Constant téléphone au bureau de la Couronne à Thunder Bay, il a du mal à se faire comprendre.

Personne ne le connaît là-bas et la réceptionniste ne sait même pas où c'est, Sioux Junction. La fille au téléphone n'a pas le temps non plus de lui parler, il y a quatre procès au rôle ce matin; qu'il rappelle demain.

Constant a du chagrin. Non pas qu'il se prenne tellement au sérieux, mais la justice, c'est la justice, et lui, il a un accusé sur les bras doit subir son procès. C'est sérieux, et on ne sait même pas où se trouve Sioux Junction. C'était pourtant une ville importante dans le temps. Il aurait bien envie de tout sacrer ça là et de renvoyer l'Obomsawin en lui disant de ne plus recommencer. Mais sa femme, qui a eu le temps de penser à son affaire, ne veut rien entendre maintenant: pas question de perdre un bon client pour qui le gouvernement va payer, et si le procès est entendu à Sioux Junction, ça leur fera d'autres clients. C'est le moment ou jamais de faire un bon coup d'argent, pis ça arrive pas souvent. Et sa femme le chicane encore, elle répète le discours qu'elle lui chante depuis des années. Pour avoir la paix, il lui dit qu'il ressaiera de téléphoner au bureau de la Couronne demain.

Mais c'est déjà parti. Madame Constant, la grosse Cécile, relance son mari jusque dans son bureau. Depuis sept ans, elle lui répète la même rengaine chaque fois que l'occasion se présente. Elle appelle ça se vider le cœur.

* * *

Il y a sept ans, Jo a pris sa retraite de la Falconbridge Mines de Sudbury, après trente ans de bons et loyaux services. Les enfants étaient déjà partis ou tous mariés. Alors Jo a vendu sa maison, retiré ses économies à la

Caisse populaire et acheté pour presque rien l'Hôtel des Draveurs de Sioux Junction. Jo voulait occuper sa retraite et avait toujours rêvé d'avoir son hôtel et son restaurant à lui. Ayant travaillé pour les autres toute sa vie, il voulait désormais être à son compte. Un vieux rêve de réussite : avoir son commerce, travailler seulement quand on en a envie, se lever à l'heure qu'on veut, être le patron, donner des ordres, en faire travailler d'autres à sa place, prendre des vacances tout l'hiver en Floride. La belle vie !

Une bonne fois, trois mois après avoir pris sa retraite, il est allé en voyage de pêche au Manitoba. Passé Thunder Bay, il s'est perdu. Il s'est retrouvé à Sioux Junction, une ville dont il avait entendu parler autrefois. Il a aimé l'endroit et logé deux jours à l'Hôtel des Draveurs. Le premier soir, au bar, le propriétaire, un Syrien, lui a confié son projet de vendre l'hôtel pour aller rejoindre ses cousins à Vancouver. En disant ça, il payait la traite au pauvre Jo, qui, tout d'un coup, s'était senti riche et intelligent : il avait enfin trouvé, pensait-il, le genre de commerce qu'il avait toujours rêvé de posséder. Ce soir-là, l'hôtel était plein de buveurs, les affaires avaient l'air de marcher fort. Constant a pensé à son affaire et conclu la transaction sans en parler à sa femme, qui, de toute façon, serait d'accord.

À son retour, sa femme lui a fait une colère de veau. Elle ne voulait rien savoir, il aurait pu lui en parler avant. Constant s'était dit : « Toute ma vie, les autres ont pensé que j'étais une mitaine, que j'étais pas capable d'avoir mon commerce à moi ; c'est fini, je m'en vas leur montrer comment je m'appelle. » Il a tenu son bout. Pour convaincre sa femme, il a invoqué trois arguments : à ce prix, c'était donné, quinze mille dollars pour la bâtisse et tout l'équipement, c'était rien ; le chiffre d'affaires était bon, les clients étaient tranquilles et payaient comptant ; enfin, il n'y avait pas de concurrents et on pourrait fixer les prix comme on voudrait. On pourrait même fermer l'hiver et aller en Floride. Penses-y, Cécile, la Floride ! Sa femme a fini par dire oui, mais elle avait ses doutes.

Elle avait raison. Les Constant, Jo et Cécile, prirent possession de l'Hôtel des Draveurs en gens sérieux qu'ils étaient et firent le grand ménage du printemps, parce que ce sont aussi des gens propres. Il le fallait, car le Syrien, l'ancien propriétaire, était un maudit cochon, au dire de Cécile. Pour le reste, les équipements de cuisine et de boucherie et tout, ça pouvait aller. Jo Constant décida d'attendre à l'année suivante pour faire agrandir ; sa femme le lui disait tout le temps : « Si tu penses faire une piastre avec trois chambres à coucher, t'es tombé sur la tête, mon pauvre Jo Constant. » Jo avait depuis longtemps l'habitude des mots durs de sa Cécile. Il ne l'écoutait plus. Pour une fois, cependant, il aurait dû.

Quand tout fut prêt, les Constant organisèrent l'ouverture officielle de l'Hôtel des Draveurs sous nouvelle direction. Madame Constant avait mis des fleurs sur toutes les tables de la salle à manger et invité ses enfants de Sudbury avec leurs conjoints. Aucun des enfants, malheureusement, ne pouvait venir ; ils étaient tous pris ailleurs, comme ils disaient. La grosse Cécile n'était pas de trop bonne humeur ; ils auraient pu se forcer un peu, franchement ! À part de ça, Sioux Junction, c'est pas à l'autre bout du monde, quand même ! Mais la pire déception restait à venir : personne de Sioux Junction ne vint malgré les affiches que Jo avait collées partout.

Personne. Pas un chat. Le soir de la réouverture officielle de l'Hôtel des Draveurs, Monsieur et Madame Constant mangèrent seuls, en tête-à-tête, dans la grande salle à manger, chose qu'ils n'avaient pas faite depuis le début de leur mariage. « Pense pas qu'on a l'air fin, toé deux », disait madame Constant, en beau maudit. « On reste pris avec un paquet de nourriture sur les bras pis y a pas personne au bar. C'est pas à soir qu'on va faire une piastre ! »

La grosse Cécile en tempêtait encore le lendemain. Jo a fait son enquête. Ce que le Syrien avait oublié de lui dire, c'est que la ville était en train de fermer. La scierie n'employait plus que cinq hommes et les mines de fer d'En-Haut n'allaient pas tarder à suivre. Le cours du fer dégringolait à la Bourse de Toronto et le commerce du bois n'était pas très fort non plus, à cause des taux d'intérêt trop élevés qui freinaient la construction domiciliaire. C'est pourquoi les frères Sauvé, qui perdaient de l'argent depuis un bon bout de temps déjà, avaient décidé de fermer l'usine et de rendre les terres à la Couronne.

Jo Constant a compris : « Je me suis fait fourrer par le maudit Syrien à marde ! » Et il a demandé aux gens de la ville : « Pourquoi que vous m'avez rien dit quand je collais mes affiches pis que je vous invitais à tour de bras ? » On était gêné de lui répondre, les gens baissaient la tête. Finalement, c'est Roland Provençal qui lui a expliqué. « Pauvre Jo, t'avais tellement l'air de prendre ça à cœur ! On s'est dit que peut-être qu'il a encore de l'espoir que la ville va repartir comme avant. Faudrait pas lui faire de peine. » Jo en pleurait... Il disait : « Quand même, vous auriez pu venir à la réouverture officielle de l'hôtel, au lieu de nous laisser tout seuls, moé pis ma femme ! »

Et on lui répondait : « Tu comprends pas, Jo, avec quel argent qu'on serait allé boire à ton hôtel ? Les gars ont plus d'argent pour aller boire à l'hôtel pis faire danser leurs femmes comme avant. Le monde a plus une cenne icitte. C'est pour ça qu'on est pas allé. » Jo était retourné chez lui la tête basse. Sa femme lui avait passé un moyen savon. Il avait dû finir la soirée tout seul au bar à prendre un coup. À boire le rye et la bière qu'il voulait vendre à d'autres.

La grosse Cécile s'est plainte pendant un moyen bout de temps. Après, elle s'est fait une raison. Jo, lui, ne disait rien. Les Constant sont restés. Ensemble, des fenêtres de leur hôtel vide, ils ont envoyé la main aux derniers habitants de Sioux Junction qui partaient chercher de l'ouvrage ailleurs.

* * *

De ce temps-ci, la Cécile a un peu honte de ce que l'Obomsawin se soit installé à l'Hôtel des Draveurs : c'est la première fois que l'hôtel est presque plein depuis la réouverture officielle. Et encore ! L'Obomsawin n'est même pas un client ordinaire, du genre touriste qui viendrait passer quelques jours à Sioux Junction pour la pêche à la truite ou la chasse à l'ours. Même pas. C'est un client forcé, pour qui le gouvernement paiera pension puisqu'il est prisonnier en instance de procès. En réalité, les Draveurs, ce n'est même plus un hôtel, c'est une prison ! Alors Cécile se plaint longuement et grossièrement, comme à son habitude. Son mari n'y fait pas attention.

Jo, lui, ne s'est jamais plaint. Après tout, comme dit la grosse Cécile, c'est sa faute tout ça. Il avait beau la consulter avant ; alors maintenant, qu'il ne vienne pas se plaindre ! Jo ne voit pas les choses de la même façon : pour lui, l'Hôtel des Draveurs est un loyer pas cher pour sa retraite et une sorte de passe-temps. Il a en masse le temps de pêcher et de chasser, hiver comme été, puisqu'il ne vient personne. Tant mieux, comme ça, on le dérange moins. C'est seulement sa femme qui a tous les problèmes, qui se plaint d'être loin, que les enfants ne viennent jamais les voir. Cécile, elle, aurait aimé tenir un vrai hôtel, avec des réceptions, des clients intéressants, un bar qui rapporte beaucoup avec les mineurs et les bûcherons qui boivent comme des trous, quand même que ça n'aurait pas été pour longtemps, juste pour l'expérience. Elle est déçue. L'hôtel n'a même plus de permis, ils ont oublié de le renouveler il y a deux ans. Et la bâtisse ne vaut plus rien.

Sioux Junction s'est mis à fermer ses portes peu après leur arrivée ici. Les Constant ont fait rire d'eux avec leur histoire de réouverture officielle. Presque tous les jours pendant deux ans, ils ont vu des gens empaqueter leurs affaires, déménager, avec leurs petits qui braillaient et qui riaient en même temps.

Les mineurs ont été les premiers. La High River Mines avait décidé d'exploiter un gisement ailleurs, en Asie, où les gens sont contents de travailler et ne font jamais de grève. Les gars de la scierie des frères Sauvé ont suivi l'année d'après.

Souvent, les gars de la mine trouvaient vite du travail ailleurs, à Elliot Lake ou à Timmins. Les hommes partaient d'abord ; les familles suivaient quelques mois après, le temps que les enfants finissent l'école ou quelque chose comme ça. Une à une, les maisons que la compagnie minière avait fait bâtir le long de la Wicked

Sarah se vidaient, sans acheteurs. C'était la même histoire pour les gars de la scierie. il y avait des moments où on aurait cru que Sioux Junction était une ville sans hommes ; il ne restait plus que des femmes et des enfants. Eux aussi sont partis, sur la trace des pères.

Tout le monde a lâché Sioux Junction. Même le curé, qui avait pourtant dit : s'il n'en reste qu'un, je serai celui-là ! Il ne bougerait pas tant qu'il y aurait une âme catholique à Sioux. Un bon matin, il a sacré son camp comme les autres. Le pauvre avait les larmes aux yeux ; il n'avait pas le choix, comme il disait : il y avait toujours moins de fidèles à l'office, plus d'enterrements, plus de baptêmes ; les quêtes étaient maigres, elles ne suffisaient plus à payer l'entretien de l'église. L'année avant son départ, le curé avait organisé une loterie dont les profits serviraient à la publicité destinée à la relance économique de la ville : un plan du curé pour attirer les investisseurs. Le gros lot était une Cadillac de l'année flambant neuve. C'est la sœur qui cuisinait au presbytère qui a tiré le numéro gagnant et elle a fait cadeau de la Cadillac au curé, lequel a promis de la revendre pour faire un don au Secours catholique de Sioux Junction. Malheureusement, le curé n'a pas trouvé d'acheteurs en ville, alors qu'autrefois on trouvait tellement de mineurs qui se payaient des Cadillac avec leurs grosses gages. Personne n'en voulait. Ça fait que le curé est parti un bon dimanche matin, tout de suite après la messe. Au sermon, il avait dit aux derniers fidèles qu'il avait fait ce qu'il avait pu, mais que la volonté de Dieu en avait décidé autrement. Qu'il fallait se soumettre et souffrir, mes frères. Après, dans sa Cadillac, il avait envoyé la main à ses paroissiens qui pleuraient.

Le curé avait dit aussi, pendant son dernier sermon,

qu'un autre prêtre, plus jeune, le remplacerait. Un vicaire tout frais de Thunder Bay qui donnerait tout ce qu'il a. Mais pas tout de suite, plus tard, quand le diocèse aurait les moyens. Le diocèse n'a jamais eu les moyens, ça a l'air. Le jeune vicaire ne s'est jamais montré la face.

Le maître d'école aussi est parti. Le boucher, le boulanger, le gros marchand général, tout le monde. Constant est le seul commerçant qui est resté, avec son hôtel et sa femme, qui se plaint tout le temps d'avoir fait un mauvais placement. C'est seulement pour rendre service aux gens que Jo a ouvert une petite épicerie en arrière de l'hôtel; il ouvre une fois par semaine et il n'est pas chérant, heureusement. Car il reste quand même du monde à Sioux Junction: des assistés sociaux, des vieux à la retraite qui n'avaient plus d'autre place où aller, et d'autres, comme Roland Provençal, qui dit en avoir assez de déménager, Sioux Junction est son dernier stop. Il y a aussi des Indiens qui descendent en ville parfois, qui restent quelques mois et qui repartent, eux qui venaient souvent en ville à l'époque où elle était prospère.

Les Indiens ne font jamais rien. Rien de bon en tout cas, si on en croit Roland Provençal. Ils prennent un coup — ils boivent de l'alcool de contrebande — s'installent pour un bout de temps dans les maisons abandonnées de la mine, et s'en vont, pour revenir plus tard. Des fois, ils se battent entre eux mais personne ne les arrête, parce qu'il n'y a plus de police en ville.

Quand la ville s'est vidée, des vieux ont demandé à Jo Constant de s'occuper des charges publiques pour maintenir un semblant d'ordre. Jo a accepté, tout content, lui qui n'avait jamais été rien avant. La Cécile l'appelle Monsieur le Maire, gros comme le bras, pour l'écœurer, quand elle est en maudit après lui. Lui ne rit pas. Il prend ses charges au sérieux.

Non, il n'y a plus grand monde à Sioux Junction. Il y a deux ans, un travailleur social de l'université de Toronto s'est arrêté dans les parages pour venir étudier la vie des Indiens, qu'on disait. Un an après, il était en dépression nerveuse et il a pris une chambre à l'Hôtel des Draveurs en attendant que ça aille mieux. Depuis ce temps-là, tout le monde l'appelle le Déprimé.

Et puis l'Obomsawin est revenu. Le christ de fou qui a mis le feu à sa maison pis on sait pas pourquoi.

2

Les premiers tableaux d'Obomsawin racontent l'histoire de Sioux Junction.

La ville n'existe à peu près plus. Il n'y a qu'à regarder les cartes touristiques de l'Ontario: Sioux Junction n'y apparaît nulle part. Quand la ville a fermé, au gré de la demande du bois et du fer, on a cessé de s'y intéresser. Il faut consulter les relevés topographiques du ministère fédéral des Mines pour se rappeler que la ville a encore un nom. À part ça, rien. Un cœur de pomme oublié.

Quand l'Obomsawin a révélé ses dons pour la peinture, ses premières commandes lui sont venues du conseil municipal, qui avait alors les moyens de se payer un peintre officiel et voulait, dans sa grande sagesse, immortaliser l'histoire de la ville. L'Obomsawin avait alors à peu près vingt-cinq ans.

Le premier biographe écrit que l'Obomsawin a fait ses débuts comme peintre historique. C'est faux. Obom a fait ces tableaux pour manger. Pour aucune autre raison. Il revenait à l'époque d'un long voyage qui l'avait conduit en Allemagne et en prison. Il n'avait plus un sou, rien à manger. Alors il s'est mis à peindre l'histoire de sa ville pour de l'argent.

Ces peintures, celles dont je parle aujourd'hui, se trouvaient toutes dans la maison maternelle dont Obom avait repris possession. Elles ont brûlé dans l'incendie. C'est pour ça qu'on lui en veut à Sioux Junction. Certains, comme Roland Provençal, croyaient qu'on pourrait en faire un musée, l'Obomsawin étant célèbre de Moscou à Washington. Peut-être qu'on aurait pu faire une piastre avec ça, on ne sait jamais, ça aurait pu même relancer la ville. Mais il ne reste plus rien de la maison, ni des peintures. Sauf des cendres et les souvenirs de quelques témoins oculaires.

Chose certaine, il faut raconter ce que disent les premiers tableaux officiels de Sioux Junction. Moi, le troisième biographe d'Obom, je suis un des rares à les avoir vus.

On voit d'abord, sur la première, les fondateurs de Sioux Junction : Charlemagne Ferron et Byron Miles.

Le premier tableau historique d'Obom les montre côte à côte, Byron Miles en tenue défraîchie de la Police montée du Nord-Ouest, à genoux au bord de la Wicked Sarah, cherchant de l'or avec son épuisette de prospecteur ; à l'arrière-plan, Charlemagne Ferron travaille la terre, en chemise à carreaux, les bras nus, les yeux fixés au sol.

C'était à la fin du siècle dernier. Charlemagne Ferron était du Québec, de Saint-Ours-sur-le-Richelieu pour être précis. Il était prêtre de son état dans son jeune temps, un fait que les gens bien de Sioux Junction n'ont jamais voulu admettre autrefois : que le fondateur francophone puisse être un apostat, un défroqué. Les archives sont pourtant formelles. Charlemagne Ferron fut ordonné prêtre dans le diocèse de Québec le 4 mai 1879; il était âgé de vingt-trois ans et avait fait ses études au Séminaire de Québec et, sitôt ordonné, était parti en mission pour les États-Unis, à Saint-Pierre du Montana. Là-bas, au contact du grand Louis Riel, des métis et des Indiens, Charlemagne oublia lentement sa vocation. Après tout, il n'avait pris la soutane que pour faire plaisir à son père, un gros cultivateur bien vu du pouvoir et des prêtres, lesquels lui achetaient tous les ans sa récolte d'avoine. Ce qui devait arriver, arriva. Une dévote d'un village proche de Saint-Pierre le dénonça à l'évêque de Chicago après l'avoir surpris en flagrant délit avec une petite Pied-Noir à qui il enseignait le français et les sciences naturelles.

Plutôt que de répondre aux sommations de l'évêque de Chicago, le père Ferron s'enfuit. Il travailla à Saint-Louis quelque temps, comme imprimeur. Ayant éprouvé des difficultés avec le curé canadien-français de la place, qui lui reprochait, entre autres choses, son goût pour l'alcool et les filles de saloon, Ferron était reparti, cette fois pour le Texas. Dans un village méthodiste près de la frontière mexicaine, Ferron prit femme, pays et religion. Il travailla la terre quelques années, conduisit des troupeaux de bestiaux l'hiver pour gagner sa vie et celle de sa famille. Il aurait eu un ou deux enfants, on ne sait. Sa femme serait morte des fièvres, ses enfants aussi, on n'est pas sûr. De même, il aurait perdu tous ses biens dans un incendie. Et Ferron repartit, vers le nord cette fois, emportant quelques rudiments de la science agricole américaine et ayant tout oublié de son passé d'ecclésiastique.

De retour au Canada, Ferron travailla surtout dans les forêts, comme bûcheron, et acheta pour une chanson une immense concession du gouvernement dans le Nord de l'Ontario. Il y avait pour lui dans la transaction de bonnes terres, sur les bords de la Wicked Sarah, où il comptait s'établir comme cultivateur

Il faut dire qu'à son retour au Canada, Charlemagne Ferron avait repris contact avec un ancien confrère du séminaire devenu vicaire à Toronto. Celui-ci l'avait absous de ses péchés et lui avait demandé de racheter ses fautes en travaillant la terre et en fondant une famille pour contribuer au salut de la race canadienne-française. Ferron n'avait rien promis de tel, mais il avait le goût, désormais, de vivre de la terre dans un endroit éloigné et de fonder une ville. D'où l'acquisition de ces quelques terres. Bien entendu, il n'était pas question pour lui de retourner au Québec où on lui ferait trop d'histoires. D'où sa volonté de s'établir dans le Nord de l'Ontario, où il pourrait recommencer sa vie comme bon il l'entendrait. À Toronto, quand le greffier du ministère de l'Agriculture lui certifia un titre de propriété pour certaines terres au nord du lac Supérieur, Ferron promit en échange d'y bâtir une maison, d'ouvrir un champ à la culture dans les trois années qui suivraient et d'y favoriser la colonisation.

Il tint parole. Avant Charlemagne Ferron, il n'y avait rien sur les bords de la Wicked Sarah. Le premier, il y bâtit une maison en rondins, de ses mains, tout seul. Il délimita aussi ses champs pour commencer le défrichage. Au bout d'un an, à court de vivres, Ferron retourna s'approvisionner à Toronto. À son retour, la maison qu'il avait laissée vide avait un occupant habillé d'écarlate. C'était un grand blond vêtu d'une tunique usée de la Police montée du Nord-Ouest, qui se disait licencié, devenu prospecteur. L'homme gendarme s'exprimait dans un anglais approximatif. Ferron le vit tout de suite, mais il réserva ses questions pour plus tard. L'homme n'avait presque plus rien à manger. Il prospectait depuis des mois et ne savait pas chasser. Ferron lui offrit de partager ses provisions de farine, de haricots et de lard. Le grand blond à la tunique rouge promit de le rembourser un jour, quand il aurait trouvé le fameux filon dont il rêvait.

La communauté anglophone bien-pensante de Sioux Junction n'a jamais admis que l'autre fondateur de la ville puisse être un déserteur de la Police montée. Les pionniers s'ennoblissent avec le temps. Pourtant, les tableaux d'Obomsawin sont porteurs de signes qui indiquent nettement ces vérités, par exemple : le chapelet qui traîne aux pieds de Ferron et la tunique rouge dont est vêtu le prospecteur Miles.

On le connaît aujourd'hui sous le nom de Byron Miles, nom fort anglais, il est vrai. Mais l'homme était d'origine ukrainienne, né à Kiev, où il exerçait le métier de cordonnier, de son vrai nom Balthasar Szepticky. Un nom comme un autre là-bas, mais imprononçable pour les agents anglophones de l'immigration canadienne qui l'accueillirent, lui et tout le groupe de paysans ukrainiens venus cultiver la terre dans l'Ouest canadien. C'était l'époque des pionniers de la Saskatchewan et de l'Alberta. Dans son pays d'origine, Balthasar avait quelques petites fautes à se reprocher, entre autres, le refus de faire son service sous les drapeaux russes. C'est pour cette raison qu'il avait écouté l'appel de l'ataman du village de Dnieprovok qui invitait ses frères persécutés à émigrer au Canada. Balthasar était parti en secret, sans en parler à quiconque dans sa famille, par peur de la police.

Balthasar Szepticky, qui avait appris le métier de cordonnier de son père, ne savait évidemment rien de l'agriculture. Le village paysan de Dnieprovok, qui tout entier prit la route de l'Amérique, l'accepta tout de même comme compagnon de voyage. Le jeune homme était fort, il avait l'air ambitieux et on a toujours besoin de bons bras. Et puis, qui sait, quand le village serait transplanté en terre canadienne, on aurait peut-être besoin d'un cordonnier. Balthasar dut toutefois promettre à l'ataman, pour payer son passage, de lui donner deux ans de travail gratuit. Marché conclu.

Balthasar fit tout le voyage en qualité de serviteur de l'ataman. Il portait les bagages et faisait toutes les commissions. Balthasar s'était promis de fausser compagnie aux paysans dès qu'il aurait quitté l'Ukraine, en Allemagne peut-être. Seulement voilà, la caravane d'émigrés passa par la Turquie, et il n'avait aucune envie de rester en pays turc. Il décida d'attendre la prochaine belle occasion. Peut-être en Amérique. Une autre raison força son attente : il était tombé amoureux de la petite-fille de l'ataman, la belle Natalka, qui avait treize ans. Balthasar fit toute la traversée partagé entre le désir de fuir et l'envie de rester pour la belle Natalka.

Débarqué à Halifax, Balthasar se décida pour la nouvelle terre ukrainienne en Canada, et fit sa grande demande à l'ataman qui refusa net. Le jeune homme, s'il voulait épouser Natalka, devait d'abord remplir sa promesse et travailler la terre deux ans gratuitement ; ainsi, il prouverait à sa future belle-famille qu'il avait du cœur. Si les années se passaient bien, l'ataman dirait peut-être oui. Balthasar se prépara à fuir de nouveau ; il fallut tous les soupirs de Natalka et sa promesse à elle d'être sa femme un jour, pour le retenir. Il prit son mal en patience. Après tout, deux ans sont vite passés, il n'avait pas vingt ans, il avait le temps.

La caravane poursuivit son chemin. Au cours du voyage, Balthasar gagna beaucoup de crédit auprès de ses compatriotes. Ses aînés le tenaient désormais pour un compatriote. Il rendait service à tous et apprenait l'anglais vite. Dès qu'il savait quelques mots, il les enseignait tout de suite aux plus jeunes. Balthasar était aussi l'un des rares qui savait lire ; c'est lui qui facilita les démarches, auprès des agents de l'immigration canadienne, lesquels faisaient toutes sortes de difficultés aux arrivants. Une chose le frappa cependant à Halifax, à savoir, la remarque d'un agent : « Szepticky. How in the hell do you pronounce that name ? This is British country, my boy. Do yourself a favor and drop that stupid name of yours. If you're smart, you'll do it, and the future will be yours. » Balthasar retint la leçon.

Le voyage vers l'Ouest se passa bien. Rien à signaler. Montréal, Toronto, Chicago, Minneapolis ; de là, le long voyage en chariots vers le Nord. Balthasar était toujours du voyage et amoureux de Natalka. L'ataman le traitait désormais comme un fils. Le gouvernement canadien avait donné aux anciens paysans de Dnieprovok toute une concession en Saskatchewan, à Buffalo Hill. Il n'y avait personne là-bas, à l'exception d'un employé du ministère de l'Agriculture et de la Colonisation qui distribua les lopins de terre et s'en alla tout de suite après. Les Ukrainiens avaient des vivres pour deux ans, des outils aratoires et des chevaux. On se mit à la tâche sans tarder.

Jamais Balthasar ne travailla aussi fort de sa vie. Il s'habitua vite toutefois aux travaux de la ferme. Au bout d'un an, les premières semences furent faites ; des maisons poussaient aussi un peu partout. L'ataman était toujours ataman, et sa petite-fille, Natalka, avait quinze ans. Plus qu'un an à attendre.

Balthasar honora ses obligations envers l'ataman. Deux ans et un jour s'étaient écoulés depuis l'arrivée de la caravane ukrainienne à Buffalo Hill. L'ataman le convoqua, le bénit, rendit grâce au ciel d'avoir trouvé en Balthasar un serviteur si fidèle, et peut-être même un fils qui épouserait sa Natalka. Balthasar remercia son maître à deux genoux et lui annonça qu'il partait sur l'heure. Il ne voulait plus de la belle Natalka qui en aimait désormais un autre que lui de toute façon. Balthasar dit : « Je lui pardonne, père, elle ne m'était pas promise et qui voudrait d'ailleurs d'un homme sans fortune comme moi ? Un autre l'aura pour femme et lui donnera le bonheur. Et, je dois l'avouer, maître, si forts que soient les liens que j'ai tissés parmi les gens de Dnieprovok, je me sens désormais le goût de voir le monde. Il faut nous séparer maintenant que j'ai rempli mes obligations. En Ukraine, le juge m'avait condamné à trois ans de bataillon disciplinaire en Sibérie. J'ai purgé presque toute ma peine, mais auprès de vous, qui m'avez traité en fils. Maintenant je suis libre. Bénissez-moi, mon père, car un long voyage m'attend. » L'ataman, désolé de le voir partir, lui donna sa bénédiction, cinq dollars et des vivres pour un mois. Tout le village l'accompagna jusqu'à la route qui mène vers le sud et lui souhaita bonne chance.

Balthasar n'alla pas loin. Il se rendit immédiatement, à pied, à Regina, où il s'engagea dans les rangs de la Police montée du Nord-Ouest, les Tuniques rouges.

Le sergent-major responsable du recrutement à

Regina s'appelait Carruthers ; c'était un grand Anglais, qui avait l'accent du Lancashire, et qui comptait à son actif dix ans de service dans l'armée des Indes. Un dur de dur, convaincu de la divine mission civilisatrice de l'Empire britannique, qui portait de longues moustaches raides et la tunique rouge impeccablement amidonnée. Balthasar lui apparut comme une recrue digne de la Police montée : il était grand, fort, avait l'habitude des travaux durs, il connaissait la région et savait monter à cheval. Carruthers lui offrit de signer le contrat d'engagement, à raison de trente dollars par année, payables aux six mois, le logement et les vivres gratuits. Avec cela, la garantie insigne de se considérer comme un serviteur loyal de Sa Majesté la Reine Victoria, reine d'Angleterre et du Dominion du Canada et impératrice des Indes.

Carruthers ne fit qu'une seule difficulté au moment de parapher le contrat d'engagement : le nom de la recrue. Le sergent-major fit comprendre au jeune homme ce que son nom avait de barbare : « Nobody in his right mind would pronounce that horrendous name, let alone write it. Besides, Her Majesty does not need any Russian servants. Remember, once you wear the scarlet uniform you embody the might of the British Crown. Nobody will believe you with a name like that... » Balthasar réfléchit un instant et se rappela le nom de l'agent d'immigration qui lui avait tenu les mêmes propos à son arrivée au pays ; Balthasar signa donc le contrat d'engagement du nom de Byron Miles, nom qu'il devait conserver jusqu'à la fin de ses jours. Quand Carruthers vit la signature de la recrue, il fit un petit sourire de satisfaction. « Very well, young man. »

À compter de ce jour-là, Balthasar Szepticky, désormais Byron Miles dans le civil, s'efforça de parler l'anglais avec le plus pur accent britannique, sans trop de succès toutefois. Son désir de maîtriser sa nouvelle langue maternelle était si fort qu'il adoptait automatiquement toutes les façons de parler de ses collègues policiers — qui n'étaient pas tous originaires des îles britanniques — le tout mêlé à son accent ukrainien naturel qui refusait de disparaître.

Byron Miles réussit sans difficulté les épreuves d'entraînement de la Police montée. Il apprit à monter correctement, à soigner sa monture, à tirer à la carabine, à appliquer les lois de l'Empire au Canada, à respecter le règlement de la Police montée. Sa première année se passa bien. Il se lia d'amitié avec les tribus cris et pieds-noirs de la région ; il arrêta quelques trafiquants de whisky américains à la frontière, et surtout, il apprit à vivre seul dans la rude plaine de l'Ouest. Ses chefs étaient contents de lui.

Ça ne devait pas durer. Miles reçut un jour l'ordre d'arrêter le Loup blanc, un ami pied-noir qui lui avait sauvé la vie au cours d'une chasse à l'antilope, le mois précédent. Le Loup blanc avait en effet quelques petites fautes à se reprocher : il venait, entre autres choses, d'assassiner un colon écossais abouché avec des trafiquants de whisky américains ; il devait être traduit en justice sans délai. Le caporal Prendergast commandant le Détachement de Sky Hill ordonna donc au gendarme Byron Miles de ramener le Loup blanc au fort, mort ou vif. La semaine précédente, le même Prendergast avait puni Miles pour infraction au code vestimentaire — une tache de graisse sur l'uniforme ; Miles, ayant échoué l'épreuve d'inspection semestrielle, avait vu sa solde des trois derniers mois amputée de moitié. En plus, ce bon à rien de Prendergast — qui s'appelait en réalité Scherlowski, né à Varsovie — lui ordonnait d'arrêter un ami presque frère qui avait eu l'excellente idée de débarrasser la région d'un beau salaud. Miles accepta tout de même la mission et partit, bien décidé à ne jamais revenir.

Il alla retrouver le Loup blanc, à qui il conseilla de déguerpir au plus sacrant. En guise de remerciement, le Loup blanc lui donna le matériel de prospection qu'il avait volé chez le colon écossais. Miles forma alors le projet de partir pour l'Alaska pour y trouver de l'or. Une fois riche, il retournerait en Europe où il s'installerait à Paris ou à Heidelberg. Il fréquenterait la haute société en se faisant passer pour un riche Anglais et voyagerait en paquebot par le monde.

Byron Miles croyait avoir travaillé dur et beaucoup souffert dans sa vie. Il n'avait encore rien vu. D'abord, il eut toutes les peines du monde à fuir ses ex-collègues de la Police montée qui le recherchaient pour manquement au devoir, collaboration avec les éléments criminels et désertion. Miles eut toute la misère du monde à atteindre la frontière américaine où il se fit voler son matériel de prospection. Les cow-boys qui le dépouillèrent étaient sûrs qu'un déserteur de la Police montée n'irait pas porter plainte.

Sans argent, sans famille, sans ami, Byron Miles fit comme tout le monde: il recommença à zéro. Il s'adonna au début à la traite des fourrures et du whisky. Il se joignit à des trafiquants expérimentés à qui il enseigna les façons de déjouer les patrouilles de la Police montée. Au bout de cinq mois, il parvint à se rééquiper en neuf et se réapprêta à partir pour l'Alaska. Ce qui l'arrêta cette fois avait dix-neuf ans, des cheveux blonds, des yeux verts, des taches de rousseur sur un teint blanc parfait. Elle s'appelait Rhian, était née au Pays de Galles et avait suivi sa famille où tous les fils étaient bûcherons dans les grandes scieries du Minnesota. Byron Miles en tomba amoureux lors d'une halte non loin de Minneapolis et s'empressa de la demander en mariage. Rhian accepta et les fiançailles furent célébrées un mois après. Byron déposa donc un moment le matériel de prospection pour apprendre les travaux du bois avec les frères de Rhian, qui étaient tous de bons gars quoiqu'un peu ivrognes. Byron Miles voulait alors redevenir honnête et gagner de quoi partir pour l'Alaska pour s'y établir définitivement, mais en homme marié et en bon père de famille.

Byron changea d'idée une dernière fois, mais ce fut la bonne. Un des frères de Rhian lui apprit que l'on avait plus de chances de trouver de l'or dans les rivières du Nord de l'Ontario, plutôt qu'en Alaska ou au Yukon, où, de toute manière, la vie était beaucoup plus difficile. Byron raisonna que le voyage serait moins long et peut-être plus payant en Ontario et qu'il pourrait se faire oublier tout aussi facilement là-bas de la Police montée. Et plus tard, quand il aurait trouvé beaucoup d'or, il pourrait faire venir Rhian, chose un peu difficile en Alaska.

Byron Miles reprit donc la route avec son matériel encore inutilisé. Ce ne fut pas facile. Quand Charlemagne Ferron le trouva couché dans sa cabane, Byron était à moitié mort de fatigue et de faim. Il n'avait pas trouvé une seule pépite d'or dans les quatre mois depuis son départ et il commençait à se demander si le frère de Rhian ne l'avait pas envoyé en Ontario pour se débarrasser de lui parce qu'il n'était pas gallois.

Byron avait le cœur amer quand il noua connaissance avec Charlemagne Ferron, lequel lui expliqua que ses chances de trouver de l'or dans la région étaient à peu près nulles. Il lui conseilla de faire fortune autrement. Pour commencer, il lui faudrait remiser son uniforme de la Police montée qui risquait de le faire arrêter.

Il faut dire que les deux s'entendirent fort bien dès le départ et que les confidences furent faciles. Pour sa part, Charlemagne lui dévoila tout son passé de prêtre défroqué. Ce fut le début d'une amitié qui ne mourut jamais. Ferron partagea volontiers ses vivres et ses outils avec Miles le chercheur d'or, et celui-ci facilita de beaucoup la vie de son hôte en l'aidant aux travaux de défrichage et de coupe du bois, deux métiers dont il avait l'habitude. Une seule chose dérangeait Ferron, à savoir la nécessité de se parler anglais tout le temps. Byron promit d'apprendre le français et Ferron lui demanda quelques leçons d'ukrainien pendant leurs premières longues nuits d'hiver ensemble. Mais tout cela n'alla pas très loin. Miles avait mis tant d'effort à se faire anglais qu'apprendre une nouvelle langue était au-dessus de ses forces. Par ailleurs, il avait déjà commencé à oublier l'ukrainien. Ferron n'insista pas et leur langue commune demeura l'anglais.

Au cours du premier hiver, Ferron montra à Miles comment trapper et en retour, Miles coupa tout le bois de chauffage. De là lui vint l'idée de délaisser la prospection et de construire à la place une scierie qui approvisionnerait le marché américain du papier journal qui était alors en pleine expansion. Les frères de Rhian parlaient tout le temps de faire ça, et il est sûr qu'ils auraient pu aller loin avec leur idée s'ils n'avaient pas passé leur temps à boire leur paye à la taverne locale. Si lui, Byron Miles, parvenait à réaliser leurs rêves, il en tirerait sûrement un grand prestige auprès de sa belle-famille, et la Rhian aux yeux verts serait fière de lui ; peut-être qu'elle ne l'en aimerait que plus. Il parla de son projet à Ferron qui l'encouragea fortement. Il lui dit comment les hommes d'affaires s'y prenaient habituellement pour ce genre de choses, qui il fallait voir à Toronto pour obtenir une concession de coupe sur les terres de la Couronne, les démarches administratives, etc. Et Miles promit de l'associer à sa nouvelle entreprise.

Au printemps suivant, un événement vint troubler quelque peu leur bonne entente. Au cours d'une randonnée, Byron Miles découvrit dans les bois une jeune sauvagesse presque morte de faim. C'était une petite Ojibwée du lac Dryden, au nord. Les provisions du village étaient venues à manquer et on l'en avait chassée parce qu'elle était devenue une bouche inutile. Elle s'était mise en route, seule, après qu'on l'eut battue comme il faut pour lui ôter le goût de revenir. La jeune fille n'avait rien mangé depuis quatre jours. Elle parlait à peine et semblait avoir très peur. Byron Miles l'emmena au camp et lui donna à manger. Ferron se joignit à eux en fin de journée et entendit son histoire, traduite approximativement par Miles qui avait retenu quelques mots d'ojibwé de son séjour dans l'Ouest.

Les deux invitèrent la petite Siouse à s'installer avec eux. À trois, on s'arrangerait. Quand la jeune fille irait mieux, elle pourrait repartir, ou alors, rester là et leur servir de gouvernante. Ferron et Miles n'arrivèrent pas à s'entendre sur la traduction anglaise de son nom. C'est alors que Charlemagne se mit à l'appeler l'Obomsawin, du nom d'un Abénaquis vagabond qu'il avait connu autrefois, à Saint-Ours-sur-le-Richelieu, et qui lui avait laissé de bons souvenirs. Le nom d'Obomsawin lui resta.

Et ce qui devait arriver, arriva. Les deux hommes, chacun de son côté, entreprirent de séduire la petite Obomsawin dès qu'elle fut rétablie. La petite ne se refusa à aucun, elle qui n'avait pas l'habitude qu'on lui demandât la permission de la violer. Elle ne s'y habitua d'ailleurs jamais. Quand Miles ou Ferron lui faisait des propositions, elle ne répondait rien ; elle fixait le plafond en attendant le moment où il lui sauterait dessus. Cela se passait habituellement le jour, jamais la nuit, car les hommes avaient besoin de se reposer. On ne sait trop lequel des deux fut le premier, de l'Ukrainien anglicisé et déserteur de la Police montée, ou du prêtre défroqué canadien-français. Cela resta entre eux.

Le reste devait arriver aussi. Neuf mois plus tard, un enfant naquit aux trois : un petit garçon, dont elle accoucha seule dans le bois. L'Obomsawin avait déjà eu deux grossesses qui s'étaient mal terminées. Pour la première fois, son enfant vivrait et il aurait deux pères. L'Obomsawin décida de rester avec les deux hommes pour élever son enfant. Mais, désormais, plus rien n'était pareil entre eux ; on aurait dit que la jeune fille n'existait plus pour eux. Ils avaient l'air gênés avec elle, peut-être à cause de l'enfant.

La vie continuait pour tout le monde. Byron Miles avait bien suivi les conseils de Ferron. Il était allé à Toronto et avait acheté les droits de coupe de bois sur toutes les terres de la Couronne des environs. Il avait emprunté à la banque avec la caution de Ferron, engagé des hommes et acheté du matériel, trouvé des acheteurs pour son bois. Pendant ce temps-là, Charlemagne Ferron engrangeait ses premières récoltes. La petite sauvage eut d'autres enfants. Le premier fut appelé Francis Obomsawin; c'est le grand-père du peintre.

Il y eut bientôt beaucoup de monde autour du premier campement de Charlemagne Ferron. Des gens arrivaient par dizaines en quête de travail, suivis de près par leurs familles. Il fut bientôt temps d'ériger la petite colonie en municipalité, avec un nom, un maire, des règlements, des archives. Ferron voulait un nom français, et Byron Miles un nom ukrainien. Comme toujours, ils réglèrent leur différend en passant par l'anglais. Déjà, les premiers bûcherons qui avaient suivi Miles appelaient la ville Sioux Junction, parce qu'ils avaient cru y trouver des Sioux, qui étaient en fait des Ojibwés, et à cause des deux rivières qui se joignent au nord des premiers campements, la Wicked Sarah et la Rivière-Belle. Ferron voulait aussi des agriculteurs à Sioux Junction; il écrivit au Québec et fit venir une dizaine de colons de la Beauce. Très vite, Ferron ne fut plus le seul à parler français à Sioux Junction. Les agriculteurs parlaient français et les bûcherons de Miles, des Roumains, des Irlandais, des Allemands, se mirent à parler d'autres langues, surtout l'anglais, parce qu'il fallait qu'ils se comprennent entre eux. L'anglais était leur *lingua franca,* et tout le monde le parlait mal.

Il n'y eut jamais de chicane entre les gens de Miles et ceux de Ferron. Les employés de Byron Miles — qui avait de moins en moins de mal à imiter l'accent britannique du sergent-major Carruthers d'autrefois — s'établirent à l'ouest de la Rivière-Belle. Les bonnes terres agricoles — où on pratiquait surtout la culture des fourrages — qu'occupaient Ferron, ses premiers Beaucerons et ceux qui suivirent ensuite, étaient situées à l'est de la rivière. Miles avait déjà remboursé la banque et faisait des affaires d'or. Six ans après son arrivée à Sioux Junction, il était riche et avait depuis longtemps fait venir Rhian, la belle Galloise du Minnesota. Leur mariage fut le premier célébré à Sioux Junction. En sa qualité de juge de paix, Ferron sanctionna leur union.

À titre de premier colon de Sioux Junction, Ferron fut le premier maire de la ville et le premier député de la région, concentrant autour de sa personne toutes les charges publiques, comme aujourd'hui Jo Constant. De son côté, Miles s'occupa de développer l'économie locale. Le pouvoir et les honneurs pour Ferron, l'argent pour Miles. Pour sa part, la petite Obomsawin, qui avait beaucoup épaissi et dont plus personne ne voulait, quitta la ville, laissant ses quatre enfants derrière elle. Elle ne se sentait plus chez elle à Sioux Junction. Elle partit mourir seule, sur la réserve ojibwée qui venait d'ouvrir plus au nord.

D'autres femmes vinrent à Sioux Junction. Des sœurs qui s'occupaient des orphelins, comme le petit Francis Obomsawin, et qui faisaient la classe aux enfants des colons. Il y avait aussi des femmes pour tous ces bûcherons et cultivateurs. Puis les prêtres suivirent.

3

Le procès de l'Obomsawin va commencer.

Pour faire un procès, il faut un accusé, un juge, un procureur de la Couronne, un avocat de la défense, un jury, un greffier, etc.

On connaît l'accusé : l'Obom. Il y a déjà un greffier. Évidemment, c'est Jo Constant, le même qui est maire, shérif, huissier et juge de paix à Sioux Junction. Il faut aussi douze jurés. La population de Sioux Junction s'élève à une trentaine d'habitants, si l'on oublie les deux cents Indiens de la région ; il y a moyen de faire un bon jury avec tout ce monde-là. Il ne manque plus que le juge et les avocats des parties. Il faudra les faire venir d'ailleurs. Pas de problème, le ministère de la Justice provincial peut tout arranger. L'Obomsawin aura un procès dans les formes.

James H. Kendrick est le juge. Un magistrat de Toronto qui siège à la Cour supérieure ; trois mois par année, il est juge itinérant affecté au Nord-Ouest de l'Ontario, la région qui s'étend de Thunder Bay à la frontière du Manitoba. Il présidera le procès de l'Obomsawin parce qu'il est bilingue, comme tant d'anglophones originaires de Montréal qui ont fait leurs classes politiques dans le parti libéral.

Le procureur de la Couronne s'appelle Malcolm Lennox. Lui aussi est itinérant ; il est normalement affecté à Ottawa, mais il fait des procès à l'extérieur, une fois par année, l'été, quand ça fait son affaire. Lui aussi est bilingue, c'est pour ça qu'il a été choisi pour ce procès. Malcolm Lennox a étudié le droit criminel à Paris dans son jeune temps et il a épousé une Québécoise. Son français est parfait.

Jack Fairfield plaide pour la défense. Il est plus que bilingue, c'est même un Canadien français. Il est originaire du Nipissing, son père était un Beauchamp qui avait préféré angliciser son nom pour donner une chance à ses enfants dans la vie, parce que c'est tellement plus facile de faire son chemin quand on a un nom anglais. Mais les Fairfield ne se sont jamais vraiment assimilés. Jack Fairfield a fait presque toutes ses études dans les écoles françaises, sauf pour le droit qu'il a étudié à Toronto. Il est criminaliste et exerce à Sudbury. Il a été choisi pour représenter l'Obomsawin et se fait payer par l'Aide juridique, parce que l'Obomsawin n'a plus un sou, paraît-il.

Les trois sont arrivés à Sioux Junction par le même hydravion. C'est le seul aéronef d'ailleurs qui se rend là-bas : un petit Cessna 440 de la North Western Air Ontario qui fait normalement le trajet une seule fois par année, à l'automne, pour y conduire des Américains qui chassent l'ours. Il n'y a pas d'autre moyen de se rendre à Sioux Junction rapidement. La voie ferrée a été laissée à l'abandon il y a au moins dix ans, et la route forestière qui y conduit est difficilement carrossable, été comme hiver. Et encore, par la route, on peut se perdre facilement, comme Jo Constant.

Il n'y a pas de piste d'atterrissage à Sioux Junction. Le pilote doit amerrir sur le lac Katibonka à vingt kilomètres de la ville. Il y a là un petit port délabré qui peut encore servir. Le juge Kendrick n'est jamais allé aussi au nord de sa vie. Il n'avait jamais entendu parler de Sioux Junction avant. Les deux avocats non plus, mais ils ne disent rien, ça vaut mieux. Les deux avocats n'ont d'ailleurs à peu près rien dit du voyage ; quand ils parlent, ils s'adressent au juge ; les deux hommes se surveillent, apprennent à se connaître ; ça fait partie du métier. Il n'y a donc que le juge qui parle.

Au port du lac Katibonka, Jo Constant attend le juge dans sa vieille familiale toute rouillée. En sa qualité de shérif, il a entre autres pour fonction d'aller chercher le juge et de l'escorter jusqu'à l'hôtel. Mais quand il voit les trois descendre de l'hydravion, il offre aux deux autres de monter moyennant paiement. Parce qu'il est aussi chauffeur de taxi à ses heures. Les deux avocats acceptent, c'est le gouvernement qui paie de toute façon.

Jo Constant, au volant, est heureux. Pour la première fois depuis la réouverture officielle de l'hôtel, il fait de l'argent. Alors il se montre bon hôte, il commente l'état de la végétation pour ses passagers, leur dit le temps qu'il fait dans la région. L'avocat de la défense lui pose une question sur l'Obomsawin. Constant va répondre mais l'avocat de la Couronne l'interrompt : il dit qu'il est contraire aux usages de faire enquête sur l'accusé avant que la cause ne soit entendue par le tribunal. Le juge ne dit rien ; il dort, sa tête salue à tous les cahots de la route. L'avocat de la défense se tait. Il sait désormais que la partie ne sera pas facile avec l'autre obsédé de la procédure. Constant ne sait plus quoi dire. Alors tout le monde se tait. On laisse dormir le juge.

Mme Constant accueille tout le monde à la porte de l'Hôtel des Draveurs. Elle sort elle-même quand elle entend la voiture se garer devant. La grosse Cécile a mis une belle robe orange pour l'occasion et un tablier blanc qui n'a jamais servi. Ce n'est pas tous les jours qu'on accueille un juge à l'Hôtel des Draveurs.

Au début, elle est un peu en maudit contre son mari ; il aurait pu ouvrir la portière à ses passagers, elle trouve que son Jo ne sait pas faire les choses en grand. Mais elle ne dit rien pour ne pas faire de scène devant le juge, elle sait se tenir devant le monde ; mais attends tout à l'heure, mon Jo, tu vas l'avoir ! Quand elle voit les deux autres passagers, elle s'imagine que le juge est celui qui a les cheveux blancs. Elle lui fait son plus beau sourire : « Bienvenue, Votre Honneur ! » Son mari lui dit : « Tu t'es trompée, ma cocotte. Celui aux cheveux blancs, c'est l'avocat de la défense, maître Fairfield ! » Cécile : « Niaise-moé pas, toé, Jo Constant, dis-moé c'est qui le juge ! » Le juge s'avance : « Mes hommages, madame. » Et elle : « Mon Dieu, vous avez donc ben l'air jeune pour un juge. Mais c'est qui les deux autres ? » Constant explique. Cécile se fâche : « Maudit niaiseux, t'aurais pu le dire qu'y seraient là ! Y sont importants eux autres aussi ! Mais où c'est qu'on va les mettre ? » Constant dit qu'on s'arrangera. Les deux avocats échangent des sourires.

Quand il faut s'arranger, on s'arrange. Cécile dit qu'on a rien qu'à mettre dehors le travailleur social en congé de dépression. Celui-là, il est tellement dopé par ses pilules, il s'apercevra de rien. On enverra l'Obomsawin ailleurs aussi ; après tout, on peut pas garder un criminel dans l'hôtel quand on a un juge sous le même toit. L'avocat de la défense fait observer que son client n'a été reconnu coupable d'aucun crime par la justice, et qu'on ne saurait dès lors, le traiter de criminel. L'avocat de la Couronne est d'accord. Jo dit qu'en tout cas, on verra après souper. Il faut que ce monde-là mange.

Jo Constant est de bonne humeur. Pour la première fois, l'Hôtel des Draveurs refuse du monde. Mais ça se complique tout de suite. Monsieur le juge a demandé un scotch pour l'apéritif. Les trois sont assis dans la salle à manger ; les deux avocats ont soif eux aussi. Celui de la Couronne ne boit jamais d'alcool, il a commandé un jus d'orange ; l'avocat de la Couronne prendrait bien un martini dry on the rocks. « Jo, qu'est-ce qu'on va faire ? »

Jo essaie d'expliquer aux clients qu'il ne fait que commencer dans l'hôtellerie, qu'il n'a pas d'expérience, qu'il faudra être patient, etc. Aimablement, maître Fairfield offre au juge de partager sa bouteille de scotch, il a apporté sa propre provision. Comme il a l'habitude de plaider dans les trous perdus du Nord de l'Ontario, il emporte toujours son scotch avec lui. Le juge accepte, un peu gêné par le regard désapprobateur de maître Lennox.

Il est arrivé un autre client. Un monsieur Latulippe, qui habite à plus de trois cents kilomètres au sud de Sioux Junction, il est un de ceux qui a vu l'incendie prendre dans la maison d'Obomsawin. Latulippe est voyageur de commerce, il vient souvent dans la région, mais c'est la première fois qu'il loge aux Draveurs. Il est le premier témoin de la Couronne ; lui aussi veut rester là aux frais du gouvernement. Constant se demande quoi faire.

Évidemment, Obom reste à l'hôtel puisqu'il est prisonnier. Il va coucher dans l'appartement des Constant, sur le divan du salon. Le Déprimé ne veut pas partir non plus ; il paie sa chambre depuis un an, c'est un bon client, il a des droits. On va lui faire un lit dans la salle à manger le soir. Le témoin s'installera dans la chambre qu'Obom a libérée, avec le juge. Les deux avocats prendront la chambre du Déprimé.

Les deux avocats ont l'habitude, ils ne disent rien. Le juge n'est pas trop content ; il s'attendait à avoir sa chambre à lui, mais il n'a pas le choix. Et puis, le procès ne devrait pas durer plus de trois jours. Quand il faut s'arranger, on s'arrange.

Les clients ont aussi demandé du vin pour souper : le juge et l'avocat Fairfield, bien sûr, les mêmes qui sont en train de vider la bouteille de scotch. Constant se dit que ça ne vaut pas la peine de leur expliquer que l'hôtel n'a plus de permis d'alcools. D'ailleurs, il va renouveler sa demande tout de suite, et puis, personne n'en saura rien. Pour le vin, il va s'arranger. Il y a un bootlegger en ville, le vieux Kirkstead, qui fait son propre vin et sa propre bière et la vend des fois. Constant va chez lui et prend six bouteilles de bagosse. Kirkstead a sa recette à lui : du raisin de Smyrne qu'il fait tremper dans des poubelles pleines d'eau ; quand les raisins ont repris leur forme naturelle, il les presse et ajoute de l'alcool pur et du sucre. Ça donne un mélange fort qui saoule les meilleurs ivrognes après deux verres. Les hommes de Sioux Junction en emportent toujours à la chasse, et quand ils se saoulent à la bagosse, ils vomissent noir après. Les nouveaux clients n'ont sûrement jamais rien bu de pareil.

Madame Constant sert du rôti d'orignal pour souper, des patates brunes et des pois en conserve. Le juge s'étonne qu'on serve du gibier dans un restaurant, parce que c'est interdit au Canada. Mais il ne dit rien, parce qu'il aime le gibier et qu'il n'a pas mangé depuis longtemps. On ferme les yeux et on mange.

Constant sert du vin pour la première fois de sa vie. Les clients sont un peu gênés, parce que les bouteilles n'ont pas d'étiquettes. On se tait, rien n'est pareil par ici. Constant veut savoir s'ils aiment le vin. Le procureur de la Couronne n'en veut pas, il demande du Coke avec son souper. Fairfield et le juge Kendrick font la grimace au goût du vin, mais ils ne disent rien, parce qu'ils n'ont pas le choix de toute façon. Le témoin Latulippe, lui, est très content. Il aime la bagosse du père Kirkstead.

Après souper, le juge a mal à la tête. Il dit bonsoir et demande qu'on le conduise à sa chambre. Le témoin s'est endormi à table. Les deux avocats parlent de leurs études, de leurs débuts, des procès qui les attendent.

Soudain arrive l'Obomsawin. Il s'est promené toute la journée le long de la Wicked Sarah. Constant le présente aux deux avocats. Obom s'assoit avec eux et demande à boire et à manger. On parle de choses et d'autres, mais pas du procès. Puis arrivent d'autres clients qui se souviennent que les Constant ont un hôtel. Ils commandent à boire et même à manger, eux aussi. Dans la cuisine, la grosse Cécile ne fournit plus et Jo est retourné chez le bootlegger.

Autrement dit, les affaires vont bien pour les Constant. Ils ne se plaignent pas, mais ils ont hâte de fermer, parce qu'il faudra faire à déjeuner demain matin. On s'arrangera, dit Jo. Pour une fois qu'on fait de l'argent, on va pas faire les difficiles.

La soirée passe. Tout le monde va se coucher. Constant met les autres clients à la porte — ceux qui ne sont pas du procès. Les deux avocats montent à leur chambre, se déshabillent sans se regarder, enfilent leur pyjama et se couchent. Il n'y a qu'un problème : Fairfield a prévenu son confrère qu'il pète et ronfle en dormant. Le procureur de la Couronne voudrait bien changer de chambre et coucher avec le juge, mais ça paraîtrait mal. Il y renonce et souhaite la bonne nuit à son confrère qui dort déjà. Dans l'autre chambre, le juge et le témoin dorment dos à dos, comme deux bébés. Seul, dans la cuisine, Jo fait ses comptes : la journée a été bonne, très bonne. De la chambre, Cécile crie : viens te coucher, Jo, y a de l'ouvrage en masse demain...

4

L' Obomsawin est alingue.

C'est-à-dire qu'il ne connaît aucune langue comme il faut, ni l'anglais ni le français. Son premier biographe a écrit de lui qu'il ne parlait que le sioux dans son enfance. Et son deuxième biographe, qui ne craignait pas d'en mettre, a affirmé qu'il possédait même quatre ou cinq langues indiennes, les plus importantes. Disons tout de suite ce qu'il en est au sujet de l'Obomsawin et des langues amérindiennes : il n'en connaît pas une seule, en tout cas pas un mot de sioux, et c'est tout juste s'il sait deux ou trois mots de sioux, de cri, d'ojibwé, pas plus que les touristes qui vont dans le Nord de l'Ontario et qui demandent aux derniers naturels de la place : Comment dis-tu « J'ai faim » ou « Il fait froid », dans ta langue ? L'Obomsawin n'en sait pas plus, je l'ai vérifié moi-même. La seule différence, c'est qu'il comprend à peu près bien une centaine de locutions autochtones, comme les gens de Sioux Junction qui se tiennent avec les Indiens. C'est tout.

Si l'Obom est alingue, c'est par rapport à l'anglais et au français. Non par ignorance, mais par choix.

Évidemment, on pourrait penser qu'Obom est plus près de la culture francophone, vu qu'il est allé à l'école française quand il était petit. Il a parlé français toute sa vie et c'est dans cette langue qu'il a le plus lu. Qui plus est, sa mère était une métisse francisée, Flore Obomsawin, qui faisait des ménages chez les femmes riches de Sioux Junction. En tout cas, tout cela a suffi à plus d'un francophone pour le considérer comme un des leurs. Il n'en est pourtant rien.

Il se trouve aussi des gens qui le prennent pour un anglophone. Faux, parce que ses affinités francophones l'ont toujours empêché de s'assimiler tout à fait. Pour lui, l'anglais n'est rien de plus qu'une langue usuelle, tout juste un peu plus pratique que les autres. Il le parle sans effort, comme tous les Ontarois qui ont vécu longtemps en milieu anglophone. Il le lit aussi et l'écrit. Sans plus. Mettons que quand il lit les instructions des jeux-concours sur les boîtes de céréales, il regarde l'anglais ou le français sans se demander s'il comprend mieux d'un bord ou de l'autre.

Ni l'anglais ni le français, donc. Par choix, mais aussi par dégoût pour les deux, pour le français surtout. Très tôt dans la vie, Obom s'est dit que le français est une langue « dangereuse et pourrie ». C'est le maître de français de Sioux Junction qui le lui a fait comprendre, malgré lui. Obom a refusé le français vers l'âge de treize ans, avec la détermination farouche de l'adolescent qui découvre ses premières idées ; il a décidé ça calmement, avec sérieux, comme d'autres décident de ne pas avoir d'enfants plus tard ou de ne jamais entrer dans l'armée. Dégoûté par le français, donc, repoussé par les Amérindiens dont il n'a jamais maîtrisé le parler, Obom ne voulait pas non plus entendre parler de l'anglais qui assimile et banalise tout, à son avis. Il a donc préféré rester alingue. Son français est assez bon, il sort parfois de belles expressions qu'il a pêchées on ne sait où, mais des fois, il lâche de longues phrases en anglais peu grammatical, auxquelles il mêle des interjections ojibwées par coquetterie. Des fois aussi, il commence ses discours en anglais et finit en français, ou dans le sens inverse. Ni l'une, ni l'autre. Il s'en fiche royalement, never mind. Il est alingue.

Il faut expliquer ici les rapports entre l'Obom et la langue française. C'est ça qui est intéressant, rien que ça. Pourquoi il tient le français, comme il dit, pour une langue « dangereuse et pourrie ». J'avoue que je n'avais jamais compris le français sous ce rapport-là avant de connaître l'Obom. Maintenant je comprends tout. Surtout que j'ai bien connu le fameux maître de français de Sioux Junction pour l'avoir interviewé plusieurs fois.

* * *

Ainsi, il y avait un maître de français à Sioux Junction. Il est arrivé comme simple instituteur à Sioux, quand l'Obom était enfant. Quelques années après, il est devenu principal de l'école Marie-du-Sacré-Cœur, la petite école qu'Obom a fréquentée, mais c'est lui qui donnait la leçon de français à toutes les classes, parce qu'il tenait tous ses collègues pour des incompétents. En fait, pour lui, en matière de français, tout le monde était incompétent : sauf lui.

C'était un monsieur Yelle, originaire d'Ottawa. Il avait fait son cours classique à coups de bourses paroissiales, jusqu'au baccalauréat, chez les pères oblats. Comme il ne savait pas assez l'anglais pour faire carrière dans la Fonction publique fédérale — et qu'il n'avait pas les relations voulues non plus — il s'était fait instituteur. Il avait la bonne diction française de ceux qui ont fait du latin et du grec, et il paraissait bien dans son jeune temps. Il a donc pris son premier poste de maître d'école à Sioux, est devenu principal de Marie-du-Sacré-Cœur et l'est resté trente ans. Tous ses enfants sont nés à Sioux Junction, d'un mariage qu'il a fait là-bas avec une fille de la place à qui il a rappelé toute sa vie que lui venait d'Ottawa et elle de Sioux Junction, que lui avait fait son cours classique et pas elle.

Comme il parlait bien — monsieur Yelle, le maître de français — il est vite devenu un personnage à Sioux Junction. Lui seul parlait mieux que le curé. S'il avait voulu, il aurait pu faire des sermons. Toute sa puissance était dans sa langue, nulle part ailleurs, et c'est ce qu'il a cherché à faire comprendre très tôt au petit Thomas Obomsawin, un de ses élèves les plus doués.

Monsieur Yelle avait compris sa force dans une ville où le président de la commission scolaire était un mineur illettré qui tenait son missel à l'envers à l'église. Dans une ville où le curé avait passé toute sa vie dans les camps de bûcherons et faisait des fautes de français grosses comme le bras ; et quand il faisait ses prières à la messe, il prononçait tous les mots latins à l'anglaise vu qu'il avait fait son cours à Windsor, dans le sud de l'Ontario. Dans une ville où les riches étaient tous des self-made men qui n'étaient jamais allés à l'école. Ça fait que le maître d'école de vingt-deux ans s'était vite rendu compte qu'il était le seul de la ville à parler français comme il faut. C'est lui qui faisait comprendre au monde que le mot « réaliser » vient de l'anglais ; qu'on ne dit pas « la fille que je sors avec » mais bien « la jeune fille avec qui je sors », ou mieux encore, « l'élue de mon cœur » ; qu'on ne dit pas « pour faire un change » mais plutôt « pour faire changement ». Etc., etc., etc. Le maître de français reprenait ses concitoyens sans pitié, les corrigeait d'un air méprisant. Devant lui, on était gêné de parler : il le savait et goûtait sa supériorité.

Monsieur Yelle, on se souvient encore de lui à Sioux. L'été, il se promenait tous les soirs dans la ville, coiffé d'un panama, toujours en costume noir avec œillet artificiel à la boutonnière, canne à la main. Grand seigneur dédaigneux de ceux qui parlaient mal, maître absolu d'un trésor fait de règles grammaticales illogiques, d'une diction pédante, de métaphores parfaitement reçues. Lui seul pouvait dire des choses comme : « Je goûte assez le champagne, ce roi des vins de France », avec l'élocution d'un pensionnaire du conservatoire. Sans faire rire de lui, en plus. Car on respectait sa science, vu que personne ne savait mieux, comme on dit. Il fallait le voir, interpeller les passants de sa canne pour leur dire une ou deux phrases apprises par cœur : devant lui, on se sentait ridicule, on tâchait de bien parler, mais lui vous regardait d'un air condescendant. Et il s'en allait, plantant son interlocuteur là, caressant son œillet artificiel. Même Roland Provençal le craignait.

Monsieur Yelle avait remarqué tout de suite Thomas Obomsawin : le petit s'exprimait bien, avait de la facilité en tout et dessinait particulièrement bien. Au même moment, dit le père Yelle aujourd'hui, il s'était dit que le petit gars ne ferait jamais rien de bon dans la vie, parce qu'il n'avait pas de bons parents, parce qu'il n'avait pas d'argent et avait de mauvaises fréquentations.

Monsieur Yelle est un vieux monsieur aujourd'hui domicilié à St. Petersburg, Floride. Mais il se souvient encore d'Obom. Dans les trente-cinq ans qu'il a passés à Sioux Junction, il dit n'avoir connu que cinq ou six bons élèves : la petite Carmen Richer, dont le père était maire et millionnaire, le petit Pierre Carrière aujourd'hui diplomate ; quelques autres, et le petit Obomsawin, celui qui est devenu peintre et qui a aujourd'hui près de cinquante ans. Oui, monsieur Yelle se souvient d'eux : Carmen et Pierre étaient bons en français, ils sont même allés ensemble au concours provincial. Carmen y a gagné le premier prix de diction ; Pierre, lui, qui venait d'une famille pauvre mais travaillante, a raflé tous les prix, dont le plus prestigieux, une bourse du collège jésuite de Sudbury où on lui a payé tout son cours classique. « Ce petit Pierre Carrière, mon cher monsieur, c'est une de mes plus grandes fiertés » dit le père Yelle encore maintenant. « Imaginez ça, monsieur : huit ans au collège, tous frais payés, logé, nourri, blanchi. Après ça, mon petit Pierre est allé faire sa maîtrise à l'université Laval, avec la même bourse des Jésuites. Et ce n'est pas tout : ensuite, on lui a payé des études de doctorat à Paris, et c'est grâce à son séjour là-bas qu'il a pu entrer en diplomatie. Tout ça parce qu'il avait gagné le concours provincial de français ! J'ai donc bien fait de l'encourager ! On est sans nouvelles de Pierre maintenant, mais il paraît qu'il est haut placé aux Affaires extérieures. Ambassadeur, sûrement, quelque chose dans le genre. Et tout ça, mon cher monsieur, parce qu'il était bon en français quand il était jeune et qu'il a su écouter mes conseils. J'aurais voulu qu'Obomsawin en fasse autant, mais il ne m'écoutait pas. Et c'est pas tout pour Pierre ; il n'est pas seulement bien placé, il a aussi épousé une demoiselle riche, et il a de beaux enfants qui étudient dans de vrais lycées français. Pas mal pour un petit gars dont le père était travailleur dans le bois pour le compte des frères Sauvé... »

Monsieur Yelle a son idée faite depuis toujours. Si tu es bon en français, tu feras toujours ton chemin dans la vie. Bien parler français, c'est pas seulement se respecter. C'est se faire respecter. Les gens te respectent, ils ont peur de toi, ils te pensent toujours plus intelligent que tu ne l'es en réalité. Et ça ouvre toutes les portes : regardez ce qui est arrivé au petit Pierre Carrière de Sioux Junction. Alors on lui demande :

— Dites-moi, monsieur Yelle, pouvez-vous nommer d'autres petits Canadiens français qui ont aussi bien réussi que Pierre Carrière ?

— Personne. Personne d'autre. Il est le seul.

— Un pour toute la ville ?

— C'est ça.

— Obomsawin, lui ?

— Lui, le petit Obom, je ne peux pas parler de ses peintures, je n'y connais rien. Il paraît qu'il en a vendu beaucoup, qu'il a gagné beaucoup d'argent, mais qu'il a tout dépensé, comme tous les artistes. Il aurait pu s'établir à la place, continuer de peindre, faire de l'argent longtemps, pour ensuite faire des placements et vivre de ses rentes en Floride. Comme moi. Obom n'a jamais écouté personne. Il n'a jamais voulu m'écouter.

— Que lui disiez-vous ?

Monsieur Yelle repart avec sa théorie, toujours la même. La seule façon de réussir pour un Canadien français, c'est de maîtriser sa langue, c'est le seul moyen. Même Obom se rappelle encore les conseils de monsieur Yelle, son maître de français.

Oui, monsieur Yelle a tout fait pour changer le petit Thomas Obomsawin, pour le mettre dans le droit chemin. Il le faisait venir chez lui, le soir, et lui parlait longuement, dans un petit cabinet qui les séparait de la famille ; tout en parlant, seul la moitié du temps, le père Yelle se versait des petits verres d'alcool, du whisky en esprit qui lui faisait parfois oublier son éducation, son français même. Il lui disait, au petit, qui avait environ treize ans à l'époque : Obom, quand tu parles, essaie de parler comme un Français, comme un vrai Français. Parle pointu, comme moi en classe ; les gens sont tellement caves, y remarqueront jamais si tu fais des fautes. Arrête de dire : Oussquissont mes mitaines ? Dis : Où sont mes moufles ? Prends tout le temps des mots rares, des mots longs, des mots que les gens connaissent pas ; tu vas voir, ça va les impressionner, surtout si y comprennent pas. Fais ce que je te dis, Obom, t'auras jamais de misère.

(Le père Yelle profitait de ces petites séances pour s'enivrer. Il parlait en faisant beaucoup de fautes, souvent exprès.)

Obom, emploie jamais de mots anglais, prends des mots français à la place. Ça aussi, ça frappe les gens, ça veut dire que tu parles bien. Arrête de te faire appeler Tom ou Obom. Fais-toi appeler Thomas. Même que tu devrais peut-être changer de nom complètement, prendre un vrai nom français. Pas un nom niaiseux, comme Girard ou Tremblay. Prends un nom qui est pas d'ici. Ça se remarque mieux, ça se retient mieux.

Écoute bien ce que je te dis, mon petit Obom : en France, là, les Français veulent qu'on parle comme eux autres, c'est la seule façon. Si tu parles là-bas avec ton accent d'ici, le monde va penser que tu viens de la campagne, y vont te mépriser même si t'es un génie de mathématiques, même si t'es millionnaire! Pis regarde ben ça: si tu vas en France, pis que tu parles comme eux, y vont te respecter; pis tu reviens au Canada après, le monde va être à genoux devant toi. T'auras même pas besoin d'instruction, on va te trouver intelligent pareil. Juste une belle langue, Obom, t'as rien que besoin de ça dans la vie, c'est tout.

Regarde-moi, Obom. Prends mon exemple. Tout le monde me respecte à Sioux Junction. Tout le monde m'appelle Monsieur Yelle, jamais par mon prénom. Le curé n'ose jamais même s'obstiner avec moi, il sait que je parle mieux que lui, que je peux l'enterrer en six phrases. Tous les gros riches de la ville me demandent mon avis sur un paquet d'affaires. Parce que je m'exprime bien, les gens importants viennent me voir pour que j'écrive des lettres pour eux autres. J'écris des discours pour le député, qui est un homme pas instruit, juste un gars qui a de l'argent: quand il parle avec son gros accent cave de Canadien français ignorant, c'est moi qui parle à tout le comté. Quand il parle à la Chambre des communes, c'est moi qui parle au pays tout entier. Te rends-tu compte du pouvoir que j'ai? Même les Anglais de la ville me respectent, parce qu'ils savent que je suis écouté. Ils me croient intelligent et cultivé, parce que je parle pas comme les autres. Tout ça parce que je parle bien, Obom.

* * *

Obom a écouté souvent les monologues du père Yelle sur la domination d'autrui par la maîtrise de la langue française. Mais il n'a jamais voulu jouer le jeu. Ça l'écœurait, dit-il encore aujourd'hui, d'avoir à déguiser sa langue pour s'imposer. Pourtant, il aurait pu aussi faire comme tant d'autres, et passer à l'anglais. Là non plus, il n'a pas voulu faire le saut. C'est lui qui le dit : quand je parle anglais, on dirait que c'est les autres qui parlent pour moi, y me semble que je suis jamais moi-même.

Ni l'une ni l'autre, Obom. Il a préféré garder ses distances vis-à-vis de toutes les langues, quitte à s'exprimer quand il le faut dans un français parfois cajun. Son alinguisme lui va bien, il faut dire : qu'aurait-il à faire d'une langue, d'ailleurs, puisqu'il a la peinture ?

5

L'Obomsawin n'a aimé personne.

Personne. Même pas sa mère. Flore Obomsawin a fait ce qu'elle a pu pour s'en faire aimer, il n'a jamais répondu à ses caresses et à ses gâteries. En amour, Thomas a vécu comme les chats : il allait à l'une quand il avait faim, à l'autre, quand il avait besoin de tendresse, pour repartir ensuite sans dire merci. Même bébé, disait sa mère, il ne criait jamais, il demandait, c'est tout, et on n'entendait plus parler de lui après. Il ne voulait jamais se faire prendre non plus.

On dit de la pauvre Flore Obomsawin qu'elle a fait de lui ce qu'elle a pu, qu'elle a eu beau essayer autant comme autant, mais que les circonstances ne l'ont pas favorisée. Elle n'a pas pu élever son fils normalement. Quand elle est tombée enceinte de Thomas, le curé lui a interdit de reparaître à la messe, la petite débauchée ! On n'a pas d'affaire à l'église quand on veut fêter

Pâques avant les Rameaux. Malgré tout, il y avait de bonnes âmes dans la paroisse, comme le docteur Camirand, qui ont voulu faire adopter son bébé pour le donner à d'autres qui n'en avaient pas. Flore était en bonne santé, elle était intelligente et moins sauvage que ceux de sa race, comme on disait: n'importe quelle famille l'aurait pris, son bébé. Une bonne famille de professionnels de Toronto, par exemple, des gens avec de l'argent, qui l'auraient élevé comme il faut, qui l'auraient fait instruire, son enfant. On a dit de Flore qu'elle était sans-cœur, parce qu'elle refusait toutes ces belles offres. Elle voulait le garder, son petit.

Elle a eu de la misère. Tout le monde voulait le lui arracher. Pas parce qu'il était beau, pour d'autres raisons. Les Indiens de la réserve voulaient l'avoir parce que le petit était de leur race. Flore aurait eu le droit de s'établir chez eux et d'y élever son petit. Mais elle ne voulait rien savoir: elle ne voulait pas vivre dans la réserve, elle avait déjà sa maison à elle à Sioux Junction et pouvait s'arranger toute seule. Elle ne voulait rien devoir à personne.

Après ça, ça a été au tour de la Société de l'aide à l'enfance qui voulait lui ôter son enfant pour le confier à une famille responsable. Pour le bien de l'enfant, bien sûr. Une fille-mère n'est pas capable d'élever un enfant comme du monde, et quand on pense à tous ces couples qui ne peuvent pas avoir d'enfants... La travailleuse sociale de Sioux Junction allait régulièrement voir Flore pour lui demander son bébé. Flore refusait, gardait ses mains sur son ventre et ne disait rien.

Flore Obomsawin a fini par gagner. Quand les contractions ont commencé, elle est allée se cacher chez une amie d'enfance qui avait une ferme, pas loin de Sioux Junction. C'est le docteur Camirand qui l'a accouchée, mais il a accepté de n'en parler à personne. Au bout de trois mois, Flore est revenue chez elle, en ville, dans la maison que son père lui avait léguée, avec son petit dans un panier. Il était trop tard pour la Société d'aide à l'enfance: le délai réglementaire était passé. Les Indiens, eux, n'avaient aucun droit, puisque l'enfant n'était pas né dans la réserve. Flore avait joué tout le monde.

Flore s'est bien arrangée avec son petit Thomas pendant un bon bout de temps. Elle l'élevait comme elle pouvait, faisait des ménages à gauche et à droite, le faisait garder à gauche et à droite quand elle travaillait. Bien sûr, ce n'était pas facile; beaucoup de gens ne lui parlaient pas, parce qu'elle était fille-mère, mais elle s'en fichait: « Rendu que je peux faire ce que je veux, y peuvent parler tant qu'y veulent » comme elle disait.

Un beau jour, Flore en a eu assez de vivre seule dans sa petite maison. Un petit loyer ferait du bien, et puis, ce serait bon que son Tom voit un homme. Elle a donc accepté d'héberger un pensionnaire, un mineur qui était venu travailler à Sioux Junction parce qu'il avait perdu sa place à Sudbury. Le gars s'appelait Bob, il était marié avec des enfants, mais sa famille était restée derrière. Le gars s'ennuyait, alors il s'est mis à faire de la façon à Flore. Au début, ça marchait bien. Flore faisait bien à manger, la maison était propre, elle savait lui faire plaisir; lui était gentil, il faisait les commissions, ne prenait pas un coup trop fort. Mais ça s'est gâté. Après un petit bout de temps, le beau Bob a perdu son emploi, parce qu'il arrivait toujours en retard à l'ouvrage; il s'est mis à boire et à la battre; il ne payait même plus pension et il restait chez elle à rien faire. Les voisins les entendaient se battre souvent; le gars partait au beau milieu de la nuit et revenait le lendemain en suppliant Flore de lui donner une autre chance, et elle disait oui. Mais une fois, il l'a cognée un peu trop fort et Crozier, le chef de police de Sioux Junction, est venu donner une volée au gars pour lui apprendre à vivre. Le lendemain, le beau Bob avait quitté la ville.

La Société de l'aide à l'enfance est revenue à la charge, décidée à ne pas manquer son coup cette fois-ci. Ils ont dit à Flore qu'elle n'élevait pas son enfant comme du monde, qu'elle le perdrait si ça continuait comme ça. Le petit Thomas grandissait pourtant comme tout le monde. Il avait appris à marcher à un an; à deux ans, il était propre; à trois ans, il parlait franc. Flore n'avait rien à se reprocher.

Mais Flore n'était pas chanceuse. Son petit Thomas avait six ans à peu près quand le beau Bob est parti. Pas longtemps après, elle s'est fait violer un soir près de la réserve par trois Indiens saouls. Elle a dû aller à l'hôpital de Thunder Bay, parce que les gars l'avaient battue aussi. Rendue là, la pauvre Flore a fait une espèce de dépression: elle ne disait plus un mot, fumait au lit toute la journée, regardait la télévision à cœur de journée. Elle n'a même rien dit quand l'Aide à l'enfance lui a pris son petit. Quand Flore est revenue en santé, elle n'a pas pu le ravoir. Ils avaient gagné. Flore en a fait une autre dépression, pire que la première. Elle en est revenue une autre fois, grâce à un gars qui travaillait à la scierie de Sauvé Frères, un bon gars qui s'appelait Larry et qui l'aimait comme un fou. Larry n'avait pas inventé la barre à clous, mais c'était un bon diable. Il voulait même des enfants, mais Flore ne pouvait plus.

Flore a tout fait pour savoir où était passé son petit

Thomas. L'Aide à l'enfance refusait de le lui dire. Elle ne l'a jamais su non plus. Elle a dû s'habituer à l'idée et faire comme s'il était mort et qu'il était rendu au paradis des enfants adoptés.

* * *

Thomas était aux États-Unis. C'est une longue histoire. Dans le temps, le service régional de l'Aide à l'enfance s'efforçait de placer les petits sauvages aux États-Unis. On disait que les petits Indiens étaient trop difficiles à élever, surtout à proximité des grands bois et des réserves, où ils finissaient toujours par retourner et y commettre des crimes. C'est vrai : dès que les petits Indiens grandissaient, un certain nombre d'entre eux faussaient compagnie à leur famille d'adoption pour retourner d'où ils venaient. Après, il n'y avait plus moyen de les reprendre et les familles adoptives avaient beaucoup de peine. Dans le temps, la travailleuse sociale de la région de Sioux Junction était une vieille fille mormone, Mlle Van Schellenberger, qui croyait dur comme fer que, pour le bien de ses petits indigènes, il valait mieux les envoyer dans les grandes villes où ils seraient loin des leurs. Surtout dans les villes rien qu'en béton très loin d'ici, dans de bonnes familles blanches et chrétiennes qui feraient oublier à ces pauvres petits leur passé d'Indiens miséreux. Aux États-Unis, par exemple.

Mlle Van Schellenberger avait une cousine à Chicago, mormone et travailleuse sociale elle aussi. Sa cousine dirigeait une mission mormone pour l'Afrique et avait besoin d'argent. Pour en faire, elle acceptait de temps à autre de trouver des enfants pour les familles qui ne pouvaient en avoir. Les formalités d'adoption prennent du temps, coûtent cher, c'est toujours compliqué, on n'est jamais sûr. Alors la cousine trouvait des enfants par magie et acceptait, en échange, un petit don pour ses œuvres africaines. De temps en temps, donc, elle partait en voiture pour le Canada et revenait avec un ou deux petits Indiens dont personne ne voulait, disait-elle, qui seraient tellement bien dans une bonne famille chrétienne de Chicago. C'est comme ça que le petit Thomas Obomsawin a disparu un beau jour de Sioux Junction pour se retrouver à Skokie, en Illinois.

Ce n'est pas un conte de fées. Ça se fait encore aujourd'hui : des petits Indiens de la Saskatchewan et du Manitoba qu'on envoie aux États-Unis pour l'adoption, ça fait des criminels en moins pour le Canada et de beaux enfants pour les familles américaines qui ont tellement de mal à trouver des enfants à adopter. Mais ça ne marche pas toujours comme on voudrait. Les petits ont beau être installés en Arizona ou en plein cœur du New Jersey, il y en a qui réussissent à se sauver et à retrouver leur chemin jusque chez eux. L'instinct est plus fort qu'on pense, on dirait.

C'est comme ça que le petit Thomas Obomsawin est réapparu un beau matin à Sioux Junction, lui qui était parti depuis trois ans. Personne n'en revenait ! Tous les voisins ont voulu savoir comment il avait fait son compte, pourquoi il était parti. L'Aide à l'enfance était affolée et voulait le renvoyer, mais Flore ne s'est pas laissée faire cette fois-là. Oh non... Elle a tout de suite engagé un avocat sur les conseils de son Larry, l'avocat a fait des menaces précises à Mlle Van Schellenberger qui, soit dit en passant, touchait une petite commission de sa cousine pour ses missions mormones à elle. On n'a plus jamais entendu parler de l'Aide à l'enfance.

Flore était enfin certaine d'avoir retrouvé son petit garçon pour toujours. Un bon petit gars qui se sauve de si loin pour retrouver sa vraie mère, ça doit être un ange! Elle le fêta comme un prince! Dans l'esprit d'Obomsawin, encore aujourd'hui, c'est le souvenir le plus vivace de toute son existence, cette scène de retrouvailles.

Il est debout dans la cuisine de sa mère. Ça sent le chou et le bœuf qui mijotent. Il est en habit du dimanche mais tout sale, un cahier de dessins sous le bras. Tous les voisins l'entourent, des grands et des petits qui le regardent comme s'il arrivait de la planète Mars. Il comprend à peu près la moitié des mots de français qu'on lui dit: on veut savoir comment il a fait, s'il a faim, on lui dit qu'il est pâle. Il comprend tous les mots d'anglais, mais il ne répond pas quand on lui pose des questions dans cette langue: il a peur de ne pas s'être sauvé assez loin. Sa mère est folle comme un balai, elle l'embrasse à tout bout de champ, elle lui demande si c'est bien lui. Il a reconnu ses odeurs à elle: l'odeur de sa bouche qui sent le bonbon et le tabac, l'odeur de ses aisselles, elle sent fort comme avant parce qu'elle travaille dur. Mais elle a les cheveux blonds maintenant; elle se teint les cheveux, comme il le saura plus tard, pour avoir l'air moins indienne et pour plaire à son Larry, qui aime les blondes. Tom n'est pas sûr par moments que c'est bien elle. À côté, il y a un grand aux cheveux coupés en brosse et aux grandes oreilles, qui rit fort, parle fort, et débouche des bouteilles de bière pour les grandes personnes. C'est Larry, le bon gars, le compagnon de sa mère. Quand la visite part, lui reste. Lui aussi, Larry, lui demande: « Maudite marde, comment que t'as fait pour t'en revenir jusqu'icitte?! »

Le petit Thomas a gardé son secret longtemps. Il

avait peur qu'on le renvoie là-bas ; s'il disait comment il s'était sauvé, on s'arrangerait pour le garder la prochaine fois et peut-être qu'on le mettrait même dans une maison pour les méchants garçons. Déjà, aux États-Unis, il avait appris à se taire pour se protéger. Il est resté comme ça toute sa vie.

Obom se souvient comment il a fait. Il en parle aujourd'hui, à moi, son troisième biographe, parce qu'il n'a plus peur du tout qu'on l'enferme ou qu'on le renvoie là-bas.

Il avait été placé dans une bonne famille ; le père travaillait et la mère restait au foyer ; il était le seul enfant, il allait à l'école, on lui faisait prendre un bain tous les soirs ; on trouvait qu'il ne mangeait pas beaucoup et qu'il avait de mauvaises dents. On l'emmenait chez le dentiste toutes les deux semaines. On lui parlait anglais tout le temps et il comprenait ce qu'on disait. Quand il pleurait, il parlait français et les petits enfants du voisinage riaient parce qu'ils ne comprenaient pas.

Le premier livre qu'on lui a offert, quand il a appris à lire, racontait l'histoire d'un petit garçon de son âge qui s'appelait Johnny, qui se sauvait de chez lui parce que les adultes étaient méchants et parce qu'il voulait voir le monde. Le petit Johnny faisait des économies en rendant service aux vieilles dames du voisinage, puis il se sauvait un bon matin en emportant avec lui un baluchon qui contenait un peu de linge, sa tirelire et des choses à manger : du fromage, des noix, des carottes, des raisins. Il y avait aussi un petit ourson dans le baluchon. Thomas se souvient qu'il lisait l'histoire de Johnny tous les soirs avant le coucher, en cachette dans le garage. Un jour, il se sauverait lui aussi. Dans l'histoire de Johnny, les parents n'avaient pas de peine. Et il allait partout dans le monde: l'Espagne, l'Afrique, la Chine, le Brésil, et il finissait par retrouver ses vrais parents. À l'âge de neuf ans, Tom a fait pareil, mais sans voir le monde parce qu'il n'avait pas assez d'argent dans sa tirelire.

6

Il y avait à Sioux Junction une tradition commune à de nombreux villages du Nord de l'Ontario.

C'est une tradition qui ne porte pas de nom précis, mais le rituel est le même partout. On fait rouler une voiture usagée — d'ordinaire, un vieux cancer qui a fait son temps — sur un lac gelé, juste après les Fêtes. Il faut évidemment choisir la voiture. On fait ça après les Rois. Il y a des gens qui se battent pour avoir l'honneur de donner la leur en sacrifice ; chacun parle des mérites de son vieux bazou, du millage qu'il a fait, des accidents qu'il a eus avec, du prix qu'il l'a payé, etc. On fait le choix à l'occasion d'un grand bingo à la salle paroissiale, un samedi soir ; on passe au vote, on rit, on prend un coup, on se fait de la musique, c'est le fun à mort.

Le samedi suivant, il faut rouler la voiture jusqu'au lac gelé dur. C'est la première partie du rituel. Les jeunes de la ville s'en chargent, les plus forts, bien sûr. Et tous les autres jeunes suivent les braves qui poussent le cancer rouillé sur la neige, du dépotoir municipal jusqu'au lac ; on chante des chansons, on rit, on se joue des tours, on se bat aussi des fois. Parfois, pour rire, on fait asseoir les filles les plus belles dans la voiture pour l'alourdir, pauvres eux autres qui ont déjà toute la misère du monde à faire avancer le maudit bazou dans la neige de janvier. Les gars sacrent, les filles rient, les enfants aussi veulent pousser et monter dans le bazou qui n'a plus de fenêtres ; ce sera leur tour un jour.

À Sioux Junction, le lac choisi est toujours le lac Winnissogan, parce qu'il est profond comme la mer et qu'il contient déjà tout un dépotoir de vieilles voitures. C'est un lac vaseux, mauvais pour la pêche sauf l'hiver. Personne ne s'y est jamais noyé, donc la tradition n'offense personne.

Quand les jeunes arrivent au lac, le reste du village est là qui les attend. Les jeunes n'en peuvent plus, ils donnent leur place aux forts du village. Pas juste des hommes, il y a aussi des femmes qui sont capables comme ça se peut pas. On pousse le bazou jusqu'au beau milieu du lac.

Alors la fête commence. On se fait photographier autour du bazou, on fait des dessins sur les portes toutes cabochées, on écrit aussi des niaiseries sur la glace : Rita loves John, Ti-Coune Gagnon pisse au lit, etc. On fait les fous autour du vieux cancer, on dit n'importe quoi, personne ne prend la parole officiellement, on est là pour se faire du fun, pas pour entendre des discours plates. Après, on organise des jeux : on pêche du poisson dans des trous de glace, c'est à qui poignera le plus gros ; il y a des courses de motoneige, du souque à la corde, des concours d'hommes forts qui lancent des billots à bout de bras, des concours de femmes fortes. On fait des feux sur la glace pour réchauffer les fèves au lard et le ragoût de viande sauvage. Dans un grand chaudron, on fait cuire des morceaux d'orignal, de castor, d'ours, de perdrix, de lièvre, selon la vieille recette mise au point par le père Lucien Charron de Sturgeon Falls ; c'est graisseux comme c'est pas possible, mais ça réchauffe et ça goûte bon. Les fèves au lard aussi goûtent bonnes. Ça prend un coup aussi. Du vin de chasse à quarante degrés qui saoule en trois gorgées, de la bagosse qui tue quand on en prend trop, du brandy pas cher, du rye. Pas de bière, parce que ça gèle. Tout le monde a son petit flacon de fort dans sa poche et paye la traite aux autres qui ont pourtant le leur. Les enfants boivent du Coke et de l'orangeade tant qu'ils en veulent, quand ça gèle pas. Pour les desserts, il y a toujours de la tarte aux raisins chaude, de la tarte à la mélasse, des beignes et du café.

Des fois, il y a des petits accidents, ça arrive. Des motoneiges qui dérapent, des enfants qui se font mal en poussant le bazou, des hommes trop saouls qui tombent dans le feu. Il y a des batailles aussi, mais il y en a toujours pour séparer ceux qui aiment se battre. À peu près tout le monde a de bons souvenirs de la tradition. La preuve, c'est qu'elle marche encore, ailleurs qu'à Sioux en tout cas.

Il y a des jeunes qui se sont connus à l'occasion de la fête du bazou sur le lac gelé. Après, ils se sont mariés et ont eu des enfants. Pour beaucoup, ça a été l'occasion de la première brosse ou de la première fois qu'ils ou elles ont embrassé quelqu'un, fort pis longtemps. L'Obom se souvient de la tradition, ça se comprend, ça a été pour lui l'occasion de la première brosse et de la première fille, les deux en même temps, la même fois.

Mais le moment le plus important de la fête du bazou, c'est quand on prend les paris. Parce que c'est justement le but de toute l'affaire. Quand la voiture toute cabochée arrive au milieu du lac, les gens essaient de prédire la date où le lac sera assez dégelé pour que le bazou tombe au fond. C'est comme ça que les gens prédisent le jour où arrive l'été : en mai, des fois en juin, parce qu'il arrive tard en maudit, l'été. Le monde gage à peu près une piastre par personne ; pas plus, c'est juste pour le fun. Ceux qui ont choisi la bonne date se partagent le magot. Puis, s'il fait beau, on organise une autre petite fête pour l'été qui est revenu.

C'est quand les gens font leurs paris qu'ils disent le plus de niaiseries : on veut savoir combien pèse la voiture, on dit qu'on a consulté l'almanach, on fait des prédictions tout de travers pour niaiser. Les parieurs donnent toujours une explication pour la date qu'ils ont choisie : Je prends le 15 mai parce que c'est le jour que j'ai perdu ma josephté ! Tout le monde rit : il s'en trouve toujours un pour la dire, celle-là. Je choisis le 2 juin, c'est mon anniversaire de mariage ! Et l'autre de tout à l'heure qui dit : Ben, c'est en plein ça que je disais ! Et le monde repart à rire. Ça va être beau tout à l'heure quand ils seront tous chaudasses. Mais il y a des moments émouvants aussi. Comme quand une femme s'approche pour dire : Moi, je gage que le bazou va couler le 14 juin. On la regarde et on se souvient que c'est le jour où elle a perdu son plus jeune dans un accident de braconnage. On lui serre le bras et on ne dit rien.

L'Obomsawin n'a parié qu'une seule fois, juste pour rire. Il a choisi le 17 juin. Il l'a dit bien fort, près du baril où on ramasse les gageures. Une fille s'est approchée pour lui parler. C'était Carmen Richer, une belle fille, toute petite et nerveuse, pleine de muscles, disaient ses camarades du couvent ; les seuls yeux verts de Sioux Junction en plus, des dents droites et blanches comme du sucre.

— Thomas, pourquoi que t'as choisi le 17 juin ?

— Pourquoi tu veux savoir ça ?

— Parce que le 17 juin, je reviens du couvent pour l'été. Je me demandais, juste comme ça.

— J'avais pas de raison, mais là j'en ai une.

Carmen Richer n'avait pas le droit d'être là. Parce que la tradition du bazou qui dit l'été, c'est pas pour les marguilliers et les scouts. Les gens qui ont de l'argent disent que c'est triste de perdre une voiture comme ça quand on pourrait l'envoyer à la ferraille et faire une petite piastre avec. Le curé n'y va jamais non plus ; on lui a demandé une fois de bénir la voiture sacrifiée et il a manqué d'étrangler celui qui le lui demandait. C'est donc une fête païenne. Justement, comme le curé et les collets montés ne sont pas là, on se fait deux fois plus de fun. C'est dangereux des fois pour les jeunes qui n'ont pas l'habitude de prendre un coup fort ; il y a des Indiens qui viennent et la bataille prend avec eux ; il y a des garçons et des filles qui vont à la fête pour se retrouver dans le bois et faire des choses pas correctes ; d'après la femme de ménage du curé, il y a même une couple de filles qui sont tombées enceintes le jour de la fête, à faire l'amour, tout habillées dans la neige. Tout ça fait que Carmen Richer, qui vient d'avoir quinze ans, n'a pas d'affaire là. Si ses parents l'apprennent, ça sera pas beau.

Ce n'est pas la place d'une fille qui va au couvent, elle le sait et ça ne lui fait rien. Elle est comme son père, elle fait tout le temps à sa tête. Là, il y a un instant, par exemple, pourquoi qu'elle est allée parler au beau Tom Obomsawin ? On sait même pas ce qu'il fait de bon ou de pas bon astheure ; on sait même pas qui est son père, mais on sait qu'il vient de passer trois ans à l'école de réforme à cause de ses mauvais coups, ça dit tout le reste. Carmen est allée lui parler parce qu'elle en avait envie, OK? Tête de cochon à son père!

C'est resté là. En tout cas, pour le moment. Après, quand le fun s'est mis dans la fête pour de bon, vers deux heures de l'après-midi, et que tout le monde applaudissait le gagnant de la course de motoneiges, Thomas est retourné lui parler. Ses petites amies à elle se sont arrangées pour trouver autre chose à faire, pour les laisser seuls. Et ils sont partis s'asseoir derrière le kiosque où on pêchait le poisson dans les grands trous. Ils ont parlé une bonne heure ; à un moment donné, comme ils avaient froid, Carmen a pris quelques gorgées de son flacon de rhum à lui, elle a trouvé ça fort, mais ça réchauffe. Tom lui a dit ce qu'il voulait faire de sa vie ; elle lui dit qu'elle partait demain pour le couvent, les vacances étaient finies. Est-ce que tu seras ici cet été ? On ne sait trop qui l'a posée, cette question-là, ce qui est sûr, c'est qu'ils ont répondu oui en même temps.

Pas loin d'eux, pour faire une farce, quelqu'un avait écrit sur la glace, avec un petit pic : Thomas aime Carmen, avec un gros cœur traversé d'une flèche et la date. Carmen a vu l'inscription et est partie à rire ; Tom n'avait pas l'air de la trouver drôle. Et elle lui a dit : Voyons, Tom, c'est juste écrit sur la glace...

Le lendemain, comme d'habitude, le curé au sermon parle en mal des gens qui prennent un coup. Devant la moitié de la paroisse qui a mal aux cheveux et regrette. Carmen est partie pour le couvent; Thomas se cherche une job pour payer les toiles, les pinceaux et les couleurs dont il a besoin. Oui, Carmen est retournée à son couvent à Sturgeon Falls. C'est là qu'on l'envoie puisqu'il n'y a pas d'école secondaire à Sioux Junction. Elle revient pas souvent à Sioux. Elle monte aux Fêtes, à Pâques et l'été, c'est tout. T'es aussi bien de l'oublier, mon Obom.

Cette année-là, l'Obom a gagné le pari. Le bazou a coulé le 17 juin, le chanceux. Avec l'argent, Tom s'est acheté un pantalon de toile et une veste de cuir qui lui donnaient belle allure. Il va être beau quand la petite Carmen va revenir du couvent.

Il a revu la belle Carmen au début de l'été, et ils ont commencé à sortir ensemble à la cachette. Chose pourtant à peu près impossible dans une petite ville comme Sioux Junction, personne n'a jamais su qu'ils se fréquentaient. Il aurait pas fallu que ses parents à elle le sachent, le père aurait été capable de faire donner une volée au petit Obomsawin; la mère aurait été capable d'embarrer sa fille au couvent pour toujours.

Personne même ne se rappelait qu'un farceur avait écrit que Thomas aime Carmen sur la glace du lac gelé dur. Quand c'est écrit sur la glace...

* * *

Cette année-là, Thomas a trouvé du travail chez Sauvé Frères. D'abord à la coupe, au moulin d'En-Haut, ensuite à la drave pour le printemps, après, à la scierie pour l'été. Quand Carmen est montée chez elle à Pâques, elle a vu les billots sur la Wicked Sarah et compris tout de suite que bientôt, les bûcherons commenceraient à changer de camp pour suivre la drave, et que plus il y aurait de billots sur la rivière, pris en pain à tous les coudes, plus son Tom serait proche. Et quand la rivière serait quasiment toute noire, on entendrait les gars courir après leurs femmes et leurs enfants le soir, dans les rues mal éclairées de Sioux Junction. Et alors, son Thomas entrerait en ville à temps pour la Saint-Jean-Baptiste. La chanceuse! Elle aurait son homme, elle aussi, parmi ceux qui débarqueraient du bateau.

7

Il y avait autrefois un maître de musique à Sioux Junction. C'est un peu grâce à lui que l'Obomsawin est venu au monde.

À vrai dire, ce n'était pas un vrai maître de musique, diplômé et tout. Il était du genre autodidacte et chimiste de métier. Le jour, il travaillait à la mine ; le soir il faisait de la musique. Comme il était vieux garçon, il n'y avait que la musique qui comptait dans sa vie. Sa profession de chimiste le faisait seulement manger.

Il s'appelait Omer Grandmaître et c'était un bon gars dans tous les sens du terme. Fin comme de la soie, il n'aurait pas fait de mal à une mouche. Tout le monde l'aimait là-bas, et s'il n'y a eu à peu près personne à son enterrement il y a quelques années, c'est que la ville s'était déjà vidée. Il était un des rares à vouloir rester.

Il faut dire que la musique existait à Sioux Junction bien avant sa venue. L'arrière-grand-mère d'Obomsawin chantait des berceuses à ses petits dans sa langue à elle. On a toujours fait de la musique là-bas. Les bûcherons et les cultivateurs canadiens-français avaient leurs violonneux et leurs amuseurs qui faisaient de la musique et des chansons avec presque rien : des égoïnes qu'on faisait pleurer, un harmonium magané qu'on rammanchait, des ruine-babines, des accordéons, des flûtes pour les femmes. Les Écossais et les Gallois qui sont venus travailler dans les bois, et plus tard dans les mines de Byron Miles, ceux-là, ils avaient des cornemuses de toutes les sortes ; les Ukrainiens chantaient les airs fous de leur pays, avec des voix puissantes, et ils dansaient avec la passion des soldats qui vont mourir bientôt. Comme il n'y avait rien à faire à Sioux Junction, le soir, tout le monde apprenait à danser, à faire sa musique, à jouer celle des autres. On a connu comme ça des Québécois qui étaient champions à la cornemuse, des violonneux finnois et ukrainiens qui jouaient le reel du pendu.

Le premier orgue est arrivé trois ans après le premier curé de Sioux Junction. Après, les catholiques ukrainiens ont voulu avoir le leur, un plus beau que le premier, à part de ça. Ensuite, ça a été au tour des anglicans, qui en ont fait monter un sur place.

Les pianos sont arrivés avec la richesse. La première fois qu'un piano a été livré à Sioux Junction, il était pour les Sauvé — les propriétaires de la scierie —, pour Raymond Sauvé, le plus vieux de la famille, le plus riche aussi, qui avait le cœur dur mais qui aimait la musique. Sa femme a appris à jouer toute seule et un an après, elle donnait de petits concerts. La mode s'est répandue.

Dix ans après, il y avait un piano pour trois familles à Sioux. On ne peut pas dire que tout le monde en jouait, mais en tout cas, ceux qui avaient un bon compte en banque pouvaient dire qu'ils avaient un piano à la maison. Les enfants apprenaient à jouer un peu, et après, on gardait le piano pour mettre des trophées et des bibelots dessus.

Monsieur Grandmaître était de Saint-Ours-sur-le-Richelieu, le même village que le fondateur, Charlemagne Ferron. Il avait fait des études de chimie à l'Université de Montréal et s'était expatrié à Sioux Junction, tout de suite après avoir fait son cours, pour faire un coup d'argent vite et retourner à Montréal un jour pour se marier. Il a fait de l'argent, c'est sûr, mais il n'est jamais reparti. Il est resté avec la mine jusqu'à sa mort même si tous les autres étaient partis. Il se sentait voulu et aimé là-bas.

Ça se comprend. Avec tout le monde qui s'achetait des pianos, et bientôt, toutes sortes d'autres instruments de musique, monsieur Grandmaître était en demande. Il avait étudié un peu la musique au conservatoire de Montréal quand il était collégien ; il savait lire la musique et il était bien le seul à pouvoir l'enseigner comme il faut. Ce qui fait que tous les soirs en sortant de la mine, il rentrait chez lui en vitesse parce qu'il avait un horaire chargé. Le lundi soir, il dirigeait les exercices de la chorale française, les Mélomanes de Sioux Junction ; le mardi soir, il donnait des cours de piano aux enfants doués (ceux qui avaient de l'argent payaient, pour les autres, c'était gratuit) ; le mercredi soir, il dirigeait la chorale anglaise, les Sioux Junction's Music Lovers ; le jeudi soir, il répétait, soit avec le quatuor de musique de chambre qu'animait Madame Bertrand, l'embaumeuse du salon funéraire, soit avec le Théâtre lyrique du Nord, qui jouait une opérette à tous les deux ans, du Offenbach surtout, le vendredi soir, il accompagnait au violon le pianiste du cinéma muet ; le samedi, c'était autre chose, et le dimanche, il jouait de l'orgue dans les trois églises de Sioux. Les horaires de l'église catholique française, de la paroisse ukrainienne et du temple anglican étaient réglés suivant l'emploi du temps d'Omer Grandmaître. S'il avait voulu, le père Grandmaître aurait pu gagner sa vie à faire rien que de la musique, mais il refusait de quitter son emploi parce qu'il ne se trouvait pas assez bon. S'il avait eu autant de talent que d'énergie, disait-il, il aurait fait le Carnegie Hall avant la salle paroissiale de Marie-Reine-des-Cœurs de Sioux Junction, Ontario.

Un bon jour, Omer Grandmaître est tombé malade. Juste de la fatigue. Pendant quelques semaines, il ne se faisait presque plus de musique dans la ville. C'est après ça que monsieur Grandmaître s'est mis à chercher de l'aide, il ne pouvait plus tout faire tout seul.

C'était un beau gars de vingt-cinq ans. Il s'appelait Christos Sperdouklis et travaillait comme cuisinier au chantier des frères Sauvé. Les gars au chantier l'appelaient Figaro parce qu'il brassait sa pâte à tarte à deux mains en chantant des airs d'opéra. Il y avait surtout ce petit air que tout le monde aimait, et une bonne fois, quelqu'un lui avait demandé ce que c'était. C'était quelque chose comme les noces de Figaro. Il avait expliqué qu'un certain Mozart avait composé ça. Figaro, l'histoire d'un barbier qui chantait bien. Le nom lui était resté parce que c'est lui aussi qui faisait les cheveux des gars au camp, le soir. Puis, entre vous et moi, Figaro, ça se prononce mauditement mieux que Christos Sperdouklis.

Pour tout dire, ce gars-là pouvait faire n'importe quoi. Et tout ce qu'il faisait, il le faisait bien. Faire des tartes, coudre des boutons, réparer des machines qui brisaient pour rien, réveiller des radios qui ne marchaient plus depuis longtemps, arranger des montres, faire pousser des fleurs dans un demi-pouce de terre. À la pêche, à la chasse, aux cartes, il était toujours chanceux.

Au camp, les gars l'aimaient beaucoup. Même avec ses cinquante mots d'anglais et ses trente de français, il pouvait parler toute une soirée de temps, de n'importe quoi ou presque. Il ne jouait pas de tours à personne et sa cuisine était toujours bonne. Il avait une autre qualité : même s'il était beau comme un cœur, il ne s'approchait jamais des femmes et des filles des gars. Il se tenait tranquille.

Mais après un bout de temps, Figaro en a eu assez de la vie au chantier. Il voulait voir d'autre monde, s'amuser un peu avec l'argent qu'il avait fait. C'est là qu'il est descendu à Sioux Junction. Comme les frères Sauvé avaient perdu leur cuisinier à l'usine en ville, on était allé chercher au chantier d'En-Haut le beau Christos, le Figaro.

Évidemment, Omer Grandmaître n'a pas été long à le remarquer. Le petit gars avait de la voix et de l'oreille pour deux. Quand il était en congé, au lieu de prendre un coup avec les autres gars ou de courir les filles, Christos allait chez le père Grandmaître et apprenait à réparer les instruments de musique. Omer en avait une cinquantaine : toutes les cordes, tous les vents, tous les bois, deux pianos, un orgue, un clavecin ; des instruments rares et antiques qu'il faisait venir d'Europe aussi. Chaque fois que le maître de musique avait un peu d'argent de côté, il achetait des instruments de musique et des partitions. (C'est pas pour rien, comme dit Roland Provençal, qu'il est mort tout nu dans un musée.)

Au bout d'un an, Figaro pouvait jouer n'importe quoi en musique. Il était surtout fort à la guitare et au piano, mais rien ne lui faisait peur. C'était l'élève le plus doué d'Omer, ça s'est vite su.

On ne trouvait pas grand-chose à lui reprocher, au beau Christos. Une petite affaire peut-être : il n'allait jamais à la messe, mais on l'excusait en se disant qu'il n'y avait peut-être pas d'église de sa religion à Sioux. Mais on se disait aussi, pas pour parler en mal, mais quand même... un beau gars de même, ça doit avoir le tour avec les femmes. Quand il parlait de son passé, il disait qu'il venait des Vieux-Pays, qu'il avait vu la Terre Sainte, enfant, et l'Égypte ; quand il parlait d'avenir, il disait qu'il voulait se marier avec une fille de son pays et ouvrir un restaurant. Et le gérant de la Caisse populaire laissait entendre, en clignant de l'œil, que Christos en mettait pas mal dans son compte. Toute sa paye, moins sa pension.

En tout cas, c'est lui qui s'est mis à aider Omer Grandmaître dans ses tâches de maître de musique de Sioux Junction. Pas grand-chose au début : juste réparer des cordes brisées, raccorder des pianos. Mais en pas longtemps, il est devenu aussi bon que son patron. Il s'est mis à diriger la chorale française et le quatuor de musique de chambre. Et là, on a vu que le beau Christos Sperdouklis avait vraiment le tour avec les femmes. Encore plus qu'on pensait. Pas juste pour enseigner le piano, pour leur chanter la pomme aussi.

Mais il faisait attention. Personne ne s'est aperçu

qu'il couchait avec la femme du docteur Camirand, la fille d'un contremaître de la mine, la ménagère du curé, un tas d'autres filles aussi. Dont Flore Obomsawin.

Dans ce temps-là, Flore faisait des ménages chez des gens. C'était une bonne travailleuse et on la respectait parce qu'elle s'était sortie de la réserve où elle était née. Elle aurait bien pu faire comme les autres Indiennes : se faire faire un petit à quatorze ans et un autre à seize pour toucher du bien-être social pour les vingt prochaines années ; prendre un coup, coucher avec n'importe qui n'importe quand. Ou aller faire la guidoune à Toronto. C'était une bonne petite fille de vingt ans qui se marierait un jour et ne mettrait pas ses enfants dans la misère.

Les Indiens de la réserve ne l'aimaient pas trop. On l'appelait la Pomme, celle qui est blanche en dedans et rouge au dehors. Flore n'écoutait pas ces discours-là. Elle voulait faire quelque chose dans la vie ; après tout, comme elle disait, elle n'était pas pour rien la descendante de Byron Miles et de Charlemagne Ferron, les fondateurs de la ville. Elle avait de la race et allait le montrer.

Mais ce n'était pas facile de se défendre contre le beau Christos Sperdouklis, le Figaro qui avait tellement le tour avec les femmes. C'est pas que Christos faisait des avances tout le temps à toutes les filles, c'est juste qu'à le regarder, on avait envie qu'il vous fasse une passe. Il faut dire que Flore connaissait le tabac. Elle avait connu son premier à treize ans, juste pour essayer : un mineur de trente ans qui lui faisait des cadeaux. Après, sur la réserve, elle avait eu des amis indiens, qui font ça comme si c'était naturel et qui ne sont pas plus romantiques qu'il faut. Ce n'est pas à elle, en tout cas, qu'on aurait fait croire que les Indiens sont doués de la grâce sensuelle que leur prêtent les livres blancs.

Depuis deux ou trois ans, elle se tenait tranquille. Elle voulait faire une autre vie : apprendre un métier, secrétaire ou coiffeuse, voyager, faire sa vie à Montréal ou à Toronto, avoir un homme à elle, des bébés, une maison. En attendant, elle faisait des ménages ; ça la payait assez et, dans un an, elle partirait.

Jusque-là, elle avait toujours été chanceuse avec les hommes. Elle ne connaissait pas les moyens de contraception mais rien ne lui était arrivé. Elle croyait même qu'elle était peut-être stérile. Deux de ses tantes l'étaient, pourquoi pas elle ?

Ça fait que quand le beau Christos Sperdouklis lui a fait une passe derrière le clavecin du père Grandmaître que lui réparait et qu'elle nettoyait, la petite Flore a pris sa chance.

Un mois après, Figaro était parti. Il avait annoncé à tout le monde qu'il avait maintenant assez d'argent pour ouvrir un restaurant grec à Toronto. Il avait surtout compris que la petite Flore était folle de ses caresses et que ça ferait des histoires vu qu'il était déjà fiancé en Grèce à une petite vierge qui débarquerait du bateau un beau matin. Ça fait que : so long, Sioux Junction, so long, Flore et toutes les autres. C'était en avril. En décembre, Flore Obomsawin accouchait du petit Thomas. Il n'y a qu'à faire le compte. Figaro était parti juste à temps.

Un matin, Flore s'était levée et avait vomi. Pauvre elle, elle s'était juste dit : c'est ça qu'on m'avait dit, c'est ça être enceinte. Même pas besoin d'aller voir le docteur Camirand, elle avait compris. Christos était parti trois jours avant ; lui aussi avait compris.

C'est pas drôle la vie quand on est enceinte et pas mariée. On peut pas le dire à tout le monde, on peut pas parler de bébés avec personne, et il y en a toujours des pas fins qui vous disent des affaires plates au lieu d'être contents à votre place. Flore a compris ça aussi.

Évidemment, il n'était pas question de retourner à la réserve où elle aurait pu toucher plus d'argent de l'assistance sociale; personne n'aurait voulu d'elle là-bas de toute façon. Elle n'avait plus de famille, tous morts ou partis. Pendant un bout de temps, elle s'est demandée quoi faire.

Tout le monde n'est pas méchant, heureusement. Monsieur Grandmaître, par exemple, qui se doutait de quelque chose depuis le début et qui se reprochait maintenant d'avoir amené ce maudit gars-là dans sa vie à elle. Il est allé trouver Flore, lui qui était pourtant si gêné et lui a demandé qui était le père. Elle le lui a dit, il est le seul qui l'ait jamais su et il a juré de ne pas le répéter à personne. Il a tenu parole. En partant, il a dit à Flore qui pleurait à chaudes larmes: «Écoute, si t'as besoin de quelque chose, viens me voir quand tu voudras. Pour de l'argent ou n'importe quoi d'autre, gêne-toi pas, j'ai rien que moi à gâter dans la vie. Pis quand il sera grand, tu me l'amèneras, je lui montrerai tout ce que je sais. La musique aussi, si tu veux...»

Omer Grandmaître n'avait pas parlé pour rien. Il a toujours aidé la petite Flore quand elle avait de la misère, et il a eu autant de peine qu'elle quand la mormone a enlevé le petit Tom. Revenu des États-Unis, Thomas est retourné voir monsieur Omer, qui en a pleuré de joie. Thomas avait appris le dessin aux États-Unis, Omer l'a vite remarqué et l'a encouragé, au point de lui donner ses premiers pinceaux et ses premières couleurs. Omer lui a aussi appris à aimer la poésie et la musique. Encore aujourd'hui, Obom parle des grands musiciens comme s'il s'agissait de vieux amis: une vieille habitude d'Omer qui en faisait autant. Il lui disait des choses comme: Chopin, y sortait avec George Sand, une femme qui écrivait des livres; pis Liszt, lui, c'était le beau-père de Richard Wagner, on aimait ben la musique dans c'te famille-là; pis Jean-Chrétien Bach, c'était le garçon de l'autre, Jean-Sébastien, le meilleur de la famille. Il lui racontait ça en tirant sur sa pipe, entre deux violons à raccorder. Obomsawin, même s'il n'a aimé personne de sa vie, dit être né à l'art grâce au père Omer Grandmaître.

Il y avait aussi le docteur Camirand qui avait déjà cinq enfants, et sa femme qui voulait quand même adopter le petit de Flore. Personne va le savoir, Flore, y sera bien avec nous. Madame Camirand, qui se doutait de quelque chose elle aussi, y tenait beaucoup. Flore n'a jamais voulu. On connaît le reste de l'histoire.

Non, certain que c'est pas drôle d'être enceinte et pas mariée. Par exemple, quand madame Richer, qui l'employait à faire des ménages chez elle, lui a dit qu'elle ferait mieux de se trouver de l'ouvrage ailleurs. Elle lui avait dit: « Tu comprends, Flore, j'ai des enfants à élever, je veux pas qui me posent des questions que je peux pas répondre. Pis d'abord, c'est qui le père de c't'enfant-là? » Flore était partie sans répondre.

Le beau Christos Sperdouklis n'est jamais revenu à Sioux. Il est allé vivre à Toronto où il a lancé la mode des restaurants grecs. Ça l'a payé en masse, il est allé mourir en Grèce une fois sa fortune faite et ses enfants élevés. Mais avant de s'établir à Toronto pour de bon, il paraît qu'il a vécu dans d'autres villages du Nord de l'Ontario et qu'il a fait un petit à chaque place. Il paraît.

C'est drôle à dire, mais Tom Obomsawin n'a jamais été curieux de le connaître. Il a su un jour, quand il est devenu homme, qui était son père. Mais il n'a jamais voulu le voir ou en savoir plus long sur lui.

Moi, le troisième biographe d'Obomsawin, j'ai connu le père Grandmaître, et j'ai été dans sa maison pleine de musique. C'est lui, le vieil Omer, qui m'a raconté l'histoire de Christos Sperdouklis, le Figaro grec.

C'était un beau gars. Il était fort, il était viril. Si j'avais eu son allure, je serais pas resté vieux garçon toute ma vie. Je savais que les femmes couraient après, mais je disais rien, c'était pas de mes affaires. Mais pour la petite Flore, j'ai eu de la peine. Je l'aimais, la petite, elle méritait pas de rester prise avec un jeune à son âge.

J'ai toujours su que le beau Christos ferait quelque chose de bon dans la vie. Quelque chose de pas ordinaire. Je parle pas de son restaurant pis des cent mille piastres qu'il a faits. C'est pas ça qui est important. N'importe quel cave peut se mettre riche rien qu'à travailler seize heures par jour.

Non, ce que Christos Sperdouklis a fait de mieux dans la vie — pis, écoute-moi quand je te parle —, ce qu'il a fait de mieux dans la vie, m'a te le dire, c'est Thomas Obomsawin. Le peintre. C'est un mauvais coup qu'il a fait à la petite Flore. Mais c'était un mauvais coup qui en valait la peine.

Oui, c'est à cause du beau Christos si l'Obom s'appelle au long: Thomas Christophe Obomsawin. Flore s'était dit que ce nom-là, ça devait être Christophe en français. Thomas, lui, n'a jamais inscrit son second prénom nulle part, jamais. Il n'y a que les anglophones qui l'appellent Thomas C. Obomsawin. Ce n'est pas étonnant : c'est le titre de la biographie en langue anglaise, la première qu'on ait faite sur lui, qui s'intitulait *The Life and Paintings of T.C. Obomsawin. A Canadian Indian Painter*. C'est pour ça.

8

Si les deux premiers biographes d'Obomsawin ont écrit tant de niaiseries sur sa vie et son œuvre, c'est la faute à Roland.

Roland. Roland Provençal. Il vit encore à Sioux Junction, on peut le voir là tous les jours.

Pauvre Roland. Si on croyait tout ce qu'il dit, si on mettait bout à bout tout ce qu'il prétend avoir fait, Roland aurait au moins deux cents ans. Mais jamais personne ne le traite de maudit menteur. C'est parce qu'il se fâche si on met en doute ce qu'il dit. Il se fâche noir, il vous insulte et s'en va en claquant la porte. Il revient le lendemain et fait comme si de rien n'était. C'est pour ça qu'on le laisse parler. Pauvre Roland.

Roland Provençal est persuadé qu'il ne conte jamais de menterie. Il croit tout ce qu'il raconte, c'est tout vrai pour lui.

Par exemple, quand il dit où il a travaillé dans sa vie. Roland a presque soixante-dix ans, mais il a travaillé plus longtemps que ça.

Quand j'étais jeune, comme il dit souvent, j'ai fait la guerre. En Europe, en Afrique pis en Asie. Trois guerres en tout. Pas comme les soldats d'aujourd'hui qui se pognent le cul à rien faire. La vraie guerre! Trois à part de ça! Contre les Allemands, contre les Chinois, pis contre les Arabes. Une fois, je me suis battu avec les Anglais, une fois avec les Américains, une fois avec les Français.

Les Anglais sont pas pires, y nourrissent bien leurs hommes. Les Américains sont juste forts parce qu'y ont de l'argent, à part de ça, y valent rien. Les Français, eux autres, c'est juste des tapettes. Y perdent toutes leurs guerres.

Ceux que j'ai aimé le plus me battre contre, c'est les Allemands. C'est pas des peureux, eux autres. Pis après la bataille, y te payaient le schnapps pis la bière. Des gars corrects. Les Chinois sont pas pires, mais y ont pas le tour. J'en ai connu un Chinois, à Toronto, un livreur de Chinese food; c'était le plus maudit maladroit que j'ai connu dans ma vie. C'est pour ça que je sais qu'on aurait pas de misère à les battre. Si j'étais le gouvernement russe ou américain, je leur déclarerais la guerre, ça serait fini en deux semaines, pis le monde arrêterait d'avoir peur pour rien. Les Arabes, eux autres, y valent rien. Donne-moi cinquante Allemands pour un million d'Arabes, on va leur sacrer une volée, pis ça sera pas long, OK? Même les Juifs sont capables de les battre, hostie! As-tu déjà vu une affaire de même, toé?

Non, les meilleurs, c'est les Allemands. Les Français, c'est rien que des tapettes. Les Canadiens valent pas grand-chose, eux autres non plus. J'aurais pas voulu me battre avec eux autres, y sont pas bons. Peut-être avant, ceux du 22e Régiment, mais pas ceux d'aujourd'hui, y ont du pipi de chat dans les veines, sacrament!

Roland Provençal n'aime pas les Canadiens. Il les trouve dégénérés. Les Américains aussi.

Je te le dis, moé. Les Canadiens, c'est de la marde. Les Américains aussi, OK? Moé, je le sais, j'ai travaillé trente ans sur la construction. Dix ans pour les Canadiens, quinze ans pour les Américains, pis vingt ans pour les Russes. Les Russes, c'est les meilleurs!

Alors on lui demande: comment ça que t'as travaillé pour les Russes, Roland? Où ça?

Voyons, câlice! Pour les Russes, qu'est-ce tu veux que je te dise?! Ousstu-penses qu'y a des Russes dans le monde, toé? En tout cas, j'ai travaillé vingt-cinq ans pour eux autres, je les connais. Y payent ben, y aiment ceux qui travaillent fort, y aiment la bonne ouvrage, pis y payent régulièrement, y t'obstinent pas sur le prix. Si y sont contents, y payent, pis ça finit là. À part de ça, quand que t'as le tour avec eux autres — comme moé, là — y te payent la traite avec des femmes pis de la vodka-jus d'orange tant que t'en veux. À côté des Russes, mon gars, les Canadiens pis les Américains, c'est de la marde!

C'est Roland Provençal qui a vu l'Obomsawin mettre le feu à sa maison. Il va témoigner contre lui au procès. Roland habite en face de la maison brûlée. C'est une maison qui appartient au Bien-être social de Thunder Bay, qui l'a rachetée de la mine pour un dollar quand la compagnie a quitté la ville. Toute sorte de monde vit là-dedans. Surtout des fous qu'on a relâchés de l'asile parce que ça coûte cher de garder ce monde-là à l'hôpital, à 2000 $ par jour par lit. Ça fait que le gouvernement provincial de Toronto aime mieux loger les fous ailleurs, ceux qui peuvent s'occuper d'eux autres mêmes, se faire à manger tout seul, prendre leurs pilules. Jamais des fous dangereux, juste les dépressifs tranquilles. Il y en a parmi eux qui préfèrent rester à Toronto dans le quartier Queen's à côté de leur ancien hôpital. D'autres vont vivre dans les petits villages du Nord de l'Ontario où la vie est moins chère. C'est comme ça que certains d'entre eux, quatre ou cinq, ont abouti à Sioux Junction où la vie ne coûte rien.

Roland habitait déjà la maison quand la mine a fermé. Il louait une chambre dans la cave. Quand les fous du Bien-être social se sont mis à arriver, il a commencé à dire que c'était lui le gérant de la place. Personne ne lui a contesté son titre. Quand on lui demande ce qu'il fait dans la vie, Roland répond : Je suis gérant.

Il a un nouveau pensionnaire ce temps-ci. C'est le Déprimé, que les Constant ont mis à la porte de l'Hôtel des Draveurs pour faire de la place. Le Déprimé, qui ne dit jamais rien, vit maintenant avec les autres fous qui parlent trop. L'un deux, un vieil Hongrois qui passe son temps à écrire au premier ministre du Canada des lettres longues de vingt pages et qui tape toute la journée. L'autre jour, le vieil Hongrois, qui se plaint à Roland quand il ne tape pas, est venu lui dire : « There is a woman in the house who walks naked all night long. I reported her to the prime minister of Canada. » Et Roland a dit : « Maudit qu'y sont fatiguants, ces christ de fous-là. » L'autre jour encore, le même vieil Hongrois lui a confié : « I married secretly the Queen of England last March, in a church, in Ottawa, on Elgin Street. » Et

Roland s'est fâché: «Veux-tu me laisser tranquille, old son of a bitch! Tu me tannes avec tes histoires!»

Non, c'est pas drôle tous les jours être gérant. En comparaison de tous ces fous-là de Toronto, au moins, le Déprimé, lui, y est tranquille.

9

Tout a été dit sur la peinture d'Obomsawin. Ou presque.

Les premiers biographes d'Obom ont surtout expliqué ses techniques et ses succès. Inutile de répéter leurs phrases savantes sur le « graphisme elliptique », les « perspectives fragmentées », la « sonorité des couleurs », le « symbolisme sociolectal ». Les deux premières biographies se ressemblent comme des sœurs, même si la première a été écrite en anglais et la seconde en français. Dans les deux livres, la recette est la même : une reproduction, une page de commentaires sur le tableau, et deux pages de notes biographiques, le tout dans un style assez décousu, avec des ravissements pudiques, des points d'exclamation, des points d'interrogation, des points de suspension, en veux-tu en v'là. On croirait que les deux textes sont du même auteur. La première vie d'Obomsawin s'intitule *The Life and*

Paintings of T.C. Obomsawin. A Canadian Indian Painter, et a pour auteur Greta French, professeur de dessin au collège Ryerson de Toronto. La seconde a pour titre : *Thomas Obomsawin : la nouvelle peinture amérindienne* et pour auteur, Denis Jalbert, médecin montréalais, critique d'art et grand collectionneur de peinture autochtone. Ce sont des livres publiés à compte d'auteur, faible tirage, en édition de luxe. Les deux textes sont souvent cités dans la presse, au Canada comme à l'étranger ; on en retrouve des exemplaires dans toutes les capitales, dans toutes les universités canadiennes.

Preuve de la haute qualité de ces livres : les quatre fois que le gouvernement du Canada a fait cadeau d'un tableau d'Obomsawin à un chef d'État ou de gouvernement en visite, on lui a aussi remis une biographie d'Obom avec reliure authentique en peau d'orignal. Le président Nixon a reçu son tableau et sa biographie, l'anglaise. Golda Meir aussi. Les deux autres sont allées au premier ministre du Zimbabwe et au premier secrétaire du Parti communiste soviétique, Brejnev dans le temps. Obom n'a jamais été impressionné par ça. Que ses tableaux soient donnés en cadeau à des dignitaires étrangers, non, ça ne l'impressionne pas du tout. Il dit : « Leur donner ça, à ce monde-là, ça ou une sculpture esquimaude, ça leur fait pas de différence. C'est juste que mes tableaux faisaient de bonnes “photo opportunities”. De la bonne publicité pour le Canada qui montre par là qu'il traite bien ses Indiens. Qu'est-ce que tu veux que ça me fasse ? »

Chose certaine, les cadeaux officiels n'ont pas fait de tort à son renom, au contraire. On lisait chaque fois dans le communiqué de presse du cabinet du premier ministre : « Et le premier ministre a remis à son prestigieux invité une magnifique peinture du grand peintre amérindien Thomas Obomsawin. » Ce sont ces tableaux-cadeaux qui ont fait qu'on trouve des œuvres de Thomas à Paris, à Londres, à Washington et à Moscou. C'est surtout ça qui faisait plaisir aux gens de Sioux Junction parce que chaque fois, le communiqué mentionnait le lieu de naissance du peintre. Ça fait tellement plaisir de voir un petit gars de par chez nous réussir dans le grand monde.

Mais on connaît Obom, il n'a jamais voulu assister à la remise du tableau au chef d'État étranger. Dommage parce que les gens de Sioux Junction auraient pu le voir à la télévision chez eux.

Autre chose certaine : l'Obom n'a jamais lu les livres qu'on a écrits sur lui. Il a possédé des exemplaires de ces ouvrages, vu qu'il les recevait gratuitement, mais il les donnait à des amis. Ça ne l'intéressait pas.

Les deux livres sont pourtant bien faits, il n'y a pas à dire. Ce sont des auteurs sérieux et ils ont beaucoup contribué à faire avancer la carrière d'Obom. Un livre sur un peintre, c'est beau et ça fait vrai, surtout, ça montre que le peintre n'est pas n'importe qui. C'est bon pour la vente des tableaux aussi. Peu importe, Thomas n'a même jamais voulu connaître ceux qui les écrivaient.

Publiquement, Thomas n'a jamais rien dit sur ces livres. En privé, c'est autre chose :

— Tu les aimes pas, Obom, les livres qu'on t'a consacrés ?

— Non, monsieur. No good.

— Pourquoi ?

— Imagine-toi que je les ai jamais vus, ces gars-là.

I thought at least they would give a call, just to say hello. Même pas.

— Pourtant ils ont aidé à te faire connaître, à te rendre respectable.

— I don't give a shit. J'avais pas besoin de ça pour me respecter.

Il est vrai que les deux biographies ne sont pas sans reproche. Dans chacune, on trouve des erreurs flagrantes. Beaucoup plus grave que cela, les biographes ont pour ainsi dire embelli, et dans certains cas, inventé des épisodes de sa vie.

Mais ce qu'Obom leur reproche surtout, c'est d'avoir négligé de dire certaines vérités dures.

10

À Sioux Junction, tout le monde l'appelle le Déprimé.

Ce n'est pas un mauvais gars, il n'est pas dangereux, il est juste déprimé. Il se promène tous les jours dans le village, la tête penchée, le pas lent. On le reconnaît facilement : il porte toujours des jeans, une vareuse noire et un béret basque. Quand on le regarde de près, il détourne les yeux. Il ne sourit jamais et ne parle pas. Jusqu'à dernièrement, il habitait à l'Hôtel des Draveurs, mais les Constant l'ont mis dehors pour faire de la place. Maintenant il habite chez Roland.

Roland Provençal n'a pas à se plaindre de lui. C'est un gars tranquille, propre, il paie son loyer. Mais il a l'air triste comme c'est pas possible. À force de le voir, on finit par être déprimé soi-même.

Le Déprimé a une histoire comme tout le monde. Il est travailleur social de son métier et il est arrivé à Sioux Junction il y a peu près quatre ans, quand la ville se mettait à fermer. Dans le temps, il y avait du chômage en masse, donc, toutes sortes de problèmes, donc beaucoup d'ouvrage pour quelqu'un comme lui.

Quand on apprend à le connaître, on s'aperçoit que c'est pas n'importe qui. Il a fait de longues études: le collège jésuite de Sudbury, l'Université de Montréal, une université d'Angleterre et une aux États-Unis. Il a travaillé deux ans en Afrique, un an en Papouasie. Il a enseigné à McGill et à York. C'est un gars cultivé, il a voyagé et il parle bien. Quand il parle.

C'est un gars qui a du cœur. Il aurait pu rester professeur à Toronto ou ailleurs, mais non, il a voulu venir à Sioux Junction pour travailler avec le vrai monde qui ont de vrais problèmes. Il voulait aussi faire une étude sur les Indiens et sur les villes fantômes du Nord de l'Ontario. Il a écrit des livres dans les deux langues. C'est quelque chose.

La déprime l'a frappé deux ans après son arrivée à Sioux. Il faut dire qu'il vivait seul, sa femme n'avait pas voulu le suivre jusqu'ici; elle était restée à Toronto avec leur fille. Ça n'a pas dû l'aider.

Quand il est arrivé à Sioux, d'après Roland qui dit parfois les choses comme elles sont, il n'arrêtait pas de parler du mal que les Blancs ont fait aux Indiens, et il passait son temps à dire qu'il fallait réparer ça. Il allait souvent à la réserve et écoutait les griefs des Indiens dans leurs cabanes puantes. Il croyait tout ce qu'ils lui disaient: que l'homme blanc a volé la terre des Indiens, que l'homme blanc a violé les femmes indiennes, que l'homme blanc garde tout pour lui, que l'homme blanc détruit tout pour le profit et que, quand il a fait son argent, l'homme blanc s'en va.

Et le travailleur social allait répéter ça à tout le

monde en disant que c'était vrai et qu'il fallait faire quelque chose.

Le travailleur social était bon avec les Indiens. Il avait le tour pour leur parler, même quand ils étaient en boisson. Des matins, il se réveillait chez lui et en trouvait huit couchés dans son salon, qui lui vidaient son réfrigérateur dans le temps de le dire. Un des Indiens lui a même donné un jour un bandeau tout en couleurs, avec une inscription dessus : Cet homme est l'ami des Indiens. Le travailleur social portait son bandeau tout le temps tellement il en était fier.

Un beau jour qu'il revenait de la réserve, il a fait monter avec lui quatre Indiens qui descendaient sur le pouce vers le sud. Ce n'était pas du monde d'ici. On ne sait pas au juste comment ça s'est passé, ce qu'on sait, c'est que les gars l'ont presque battu à mort et lui ont volé sa jeep. Ils l'ont tellement battu qu'il a fallu l'envoyer à l'hôpital de Thunder Bay en avion-ambulance. Le pauvre gars est resté à l'hôpital deux mois, après, il est revenu à Sioux. Soit dit en passant, il avait perdu son bandeau dans la bataille et on ne l'a jamais retrouvé.

Depuis ce temps-là, il est en congé de dépression du ministère des Services sociaux de l'Ontario. Il a assisté à la fermeture de la ville, mais il dit encore que c'est de la faute des Blancs. Parfois, quand on le connaît un peu mieux, il montre ses cicatrices et dit que ça aussi, c'est de la faute des Blancs. La volée qu'il a mangée ne lui a pas fait changer d'idée : quand il rencontre un Indien, il lui demande pardon, les larmes aux yeux. Pauvre gars.

Il paraît qu'il va mieux. Il va peut-être reprendre son service au ministère, dans une autre région, ailleurs. En attendant, il écrit toute la journée, il se promène souvent, la déprime dans les yeux ; il se fait à manger dans sa chambre, des fèves au lard, des spaghettis, du thé. Il mange beaucoup de chocolat et des biscuits. Il est le meilleur client de la petite épicerie des Constant. Il paraît aussi qu'il fait des mots croisés toute la nuit, couché tout nu sur son lit : il fait ça pour polir son français, il paraît. C'est Roland qui dit ça.

Il a un ami en ville : l'Obomsawin. Il se tient tout le temps avec lui.

Une dernière chose : Roland l'a peut-être oublié, mais il faut savoir que le Déprimé est né à Sioux Junction. C'est peut-être pour ça qu'il reste ici.

11

Une grande murale d'Obomsawin raconte la splendeur de Sioux Junction.

La murale fut commandée à l'époque où Obom commençait à peindre. La mine était en pleine expansion et l'usine des frères Sauvé employait trois cents hommes. L'argent roulait tellement à Sioux que le conseil municipal avait suspendu la taxe foncière pour les particuliers ; la commission scolaire songeait à ouvrir une école secondaire. Les tableaux historiques commandés au jeune Obomsawin n'étaient qu'un luxe de plus.

On connaît les premiers tableaux qui disent la venue des fondateurs et leurs durs débuts. La grande murale est une histoire d'abondance.

Charlemagne Ferron et Byron Miles s'enrichirent vite. Quand les prospecteurs découvrirent les mines d'or et de fer au nord de la ville actuelle, Miles s'empressa d'acheter tous les droits d'exploitation sur les terres à cent milles à la ronde. Pour trouver du liquide rapidement, il vendit son exploitation forestière à son vieil ami Charlemagne Ferron, maire de Sioux Junction, qui faisait venir déjà des cultivateurs beaucerons pour coloniser la région. Charlemagne offrit à ses cultivateurs des emplois de bûcherons pour les aider à payer leurs terres plus vite. Miles, de son côté, continua d'aller chercher des travailleurs gallois, irlandais, tchèques, roumains. En peu de temps, Sioux Junction devint une ville cosmopolite où l'on parlait quatorze langues. Sous la conduite intelligente de Charlemagne Ferron, Sioux devint la première ville officiellement bilingue de l'Ontario : les délibérations du conseil municipal et des deux commissions scolaires, la catholique et la publique, toutes instances fondées et présidées par Ferron, se déroulaient une semaine en anglais, l'autre en français.

Tout allait bien. Sauf pour les Indiens au nord de la Wicked Sarah qui perdirent toutes leurs terres et furent parqués dans une réserve encore plus au nord. Ils conservèrent cependant leurs droits ancestraux de chasse et de pêche, mais pour un gibier toujours plus rare. Cela aussi, la murale d'Obomsawin le montre. On dit que son arrière-grand-mère, la première Obomsawin, ainsi baptisée par Ferron et Miles, s'en alla mourir sur la réserve. Elle laissa ses enfants à Sioux Junction sans jamais les revoir. Un de ses fils épousa une Irlandaise, mais l'aîné de la famille, Francis, épousa de son côté une petite Beauceronne. Il y eut ainsi deux branches de la famille Obomsawin, l'anglaise et la française. Les Obomsawin anglophones quittèrent Sioux Junction vers 1940 et changèrent leur nom en Saween ; les

Obomsawin francophones restèrent à Sioux et conservèrent le nom en entier.

Francis Obomsawin eut à souffrir toute sa vie de son métissage. Les héritiers de Charlemagne Ferron, les frères Sauvé, propriétaires de la scierie, acceptaient de lui donner du travail, mais refusaient de le recevoir chez eux de crainte d'offenser leur belle-mère, la femme de Charlemagne. Celui-ci n'avait pas caché à sa femme qu'il était un peu le père des petits Obomsawin, dont Francis. (Charlemagne, quand la prospérité s'était installée à Sioux Junction, avait épousé la fille de l'un de ses cultivateurs, la Marthe, qui était belle comme un cœur, mais intraitable sur les questions de religion et de morale. Charlemagne dut reprendre la religion catholique pour l'épouser. Charlemagne et Marthe n'eurent que deux filles, qui épousèrent les frères Sauvé de Montréal. S'il y avait un mot qu'on ne pouvait pas prononcer dans la maison de Charlemagne Ferron, c'était Obomsawin.)

Le bâtard Francis eut donc du travail et de quoi manger toute sa vie, mais rien de plus. Il bâtit une maison à Sioux et fonda une famille. Il entretint toute sa vie de bons rapports avec celui qu'il croyait être son père, le grand Charlemagne, des rapports francs mais sans chaleur. Quand Ferron mourut, la Marthe fit chasser Francis Obomsawin de l'usine Sauvé : elle ne voulait rien autour d'elle qui lui rappelât les débuts trop héroïques, à son goût, de son mari dans la région. Sans dire un mot, Francis alla s'établir sur la réserve, mais ses enfants avaient pris le goût de la ville et s'en allèrent un à un dans les grands centres. Une seule de ses filles, Flore, osa reprendre racine à Sioux Junction. C'est la mère du peintre.

Connaissant le tempérament inorthodoxe et les antécédents aventureux de Charlemagne Ferron, on s'étonne de la froideur qu'il témoigna à Francis Obomsawin. Il faut dire qu'avec la prospérité, la religion était venue aussi. Marthe accepta d'épouser Charlemagne, qui avait plus de quarante ans, mais à condition que ce fût un mariage catholique, et que les enfants fussent baptisés dans cette religion. Charlemagne accepta sans réfléchir. Des prêtres vinrent, et avec eux, des sœurs et des frères pour faire la classe aux petits.

Jusqu'à la mort de Ferron, la religion ne fut pas trop présente à Sioux Junction. À la manière des seigneurs éclairés d'autrefois, Charlemagne Ferron avait pensé l'organisation de sa ville en fonction de principes libéraux, physiocrates et laïques. De là les encouragements à la prospérité matérielle, à la mise en valeur des terres et des forêts, à l'éducation, au bilinguisme officiel. Charlemagne ouvrit à ses frais la première école de Sioux Junction et y enseigna de temps en temps, juste des leçons, comme ça, en passant. Devant l'institutrice respectueuse mais inquiète, Charlemagne parlait de toutes les idées neuves qu'il connaissait : il racontait, entre autres, que l'homme descend du singe, que l'enfer n'existe pas, que la science a réponse à tout et que l'homme a le droit sacré de combattre les mauvais gouvernements. L'activité physiocratique de Charlemagne s'exerça surtout au conseil municipal : ainsi, en vertu d'un principe connu de lui seul, Charlemagne fit planter des arbres feuillus le long des rues d'est en ouest, et des conifères le long des rues du nord au sud. Le baptême des rues fut son œuvre aussi : la rue Voltaire, la rue Garibaldi, la rue Locke, la rue Montesquieu, Papineau, Chénier, entre autres. Ferron invita également le célèbre Médéric Dutrisac à s'installer à Sioux Junction pour y faire ses expériences de croisements d'animaux: des orignaux avec des chevaux, des chats avec des lapins, des bisons avec des vaches laitières, dans l'espoir de soulager l'humanité de la faim.

Premier maire de Sioux et premier député de la région aux Communes, Charlemagne Ferron fit passer le chemin de fer par sa ville, récoltant au passage d'énormes profits par des procédés d'adjudication favorables. Ce fut aussi le début de la fortune de ses deux futurs gendres, les deux jeunes Sauvé, originaires de Montréal et grands travaillants. Dans tout cela, Ferron demeurait fier libéral, favorable toutefois au clergé catholique qui venait faire la classe aux enfants de ses administrés, tout en restant désinvolte et tolérant en matière religieuse. Son apostasie ancienne n'était plus qu'un souvenir étrange et il en retirait tout juste un reste de fierté secrète.

Il était grand, Charlemagne Ferron, avec ses idées de progrès et de raison. C'est par lui aussi que vinrent à Sioux Junction le télégraphe, la radio, un journal bilingue (sa propriété), un médecin (une fois par mois), un dentiste (une fois par deux mois), un petit hôpital, le téléphone, le premier hôtel avec permis d'alcools (sa propriété également) et enfin, un pâtissier autrichien ancien prisonnier de guerre près de Kapuskasing, qui ouvrit à Sioux une «Konditorei» authentique où l'on mangeait les gâteaux à la crème de l'Europe habsbourgeoise au son de Strauss sur gramophone.

Par lui aussi, indirectement, vinrent les prêtres. Par sa femme, qui voulait convertir son mari, et par lui-même, Charlemagne, qui voulait des instituteurs à bon marché. Mais toute sa vie durant, Charlemagne Ferron n'eut pas à subir les pressions du clergé, dont les intérêts à Sioux Junction n'étaient pas si mal servis après tout.

* * *

Ferron mourut. Aussitôt, les frères Sauvé, qui avaient épousé les deux filles du fondateur, donnèrent l'ordre à leurs employés d'aller à la messe le dimanche sous peine de congédiement, mirent à la porte les mauvais catholiques et les alcooliques, et s'arrogèrent le droit de prélever la dîme sur la paye des bûcherons. Beaucoup de choses changèrent. Entre autres, l'agriculture mourut et les fils des cultivateurs beaucerons durent gagner leur vie à la scierie des Sauvé, qui faisaient tout ce qu'ils voulaient. Plus d'association des employés de l'usine, plus de fêtes du patron, plus d'alcool dans les chantiers, un mot, pis c'est la porte! Madame Ferron, la belle-mère, était entièrement dévouée aux œuvres du curé de Sioux Junction, et ses gendres obéissaient à la vieille au doigt et à l'œil, sans quoi pas d'héritage, tout pour l'Église et rien pour eux!

Il fallut célébrer quatre messes de plus le dimanche tellement il y avait de monde à l'église. Cinq des six hôtels fermèrent leurs portes; le seul épargné fut l'Hôtel des Draveurs (qui appartenait aux frères Sauvé). La bibliothèque qu'avait ouverte le père Ferron fut fermée par les gendres; le journal aussi. Les noms de rue changèrent: la rue Voltaire devint la rue Notre-Dame, la rue Montesquieu, la rue Du-Précieux-Sang, la rue Garibaldi, la rue du Calvaire. Les petits Indiens qui allaient à l'école française furent renvoyés dans la réserve, où le gouvernement fédéral venait d'ouvrir une école anglaise.

On construisit deux nouvelles églises. Médéric Dutrisac, dénoncé comme athée et communiste, dut quitter la ville avec son cirque d'animaux étranges : ses chats aux longues oreilles, ses bisons sans panache, ses chiens-loups. Le peuple canadien-français de Sioux Junction retrouva la foi.

Cette crise de religiosité marqua toute la ville. Auparavant, les mineurs gallois, roumains et tchèques de Byron Miles entretenaient de bons rapports avec les bûcherons canadiens-français. Ce fut moins facile après la mort de Charlemagne. Par exemple, quand le juif Bergman, le seul de Sioux Junction, dut quitter la ville, parce que les prêtres décourageaient leurs paroissiens d'acheter chez celui dont les ancêtres avaient crucifié Jésus. La ville se sépara en deux clans, anglophones et francophones, avec la Rivière-Belle dans le milieu. On ne se mêla plus ; l'ouest de Sioux parlait anglais et l'est, le français. Les anglophones gardèrent la maîtrise de la mine et les francophones, celle du bois. Au conseil municipal, les conseillers anglais faisaient leurs petites affaires de leur côté et ne s'adressaient que rarement aux conseillers français, qui, depuis le départ de Ferron, avaient cessé de s'intéresser aux affaires publiques. La rupture se cristallisa tranquillement. Sioux Junction ne fut plus aussi agréable à vivre qu'avant. Le pâtissier autrichien, dégoûté, s'en alla.

Byron Miles fut une autre victime indirecte de la mort de Charlemagne. Les deux étaient restés amis jusqu'au bout, les deux croyants dans le progrès avaient toujours été d'accord sur tout ce qui concernait le bien de la ville. Devenu immensément riche grâce à la mine, Miles multipliait les bonnes œuvres de son côté. Mais la mort de Ferron provoqua chez lui une crise de réflexion, lui qui auparavant n'avait pensé qu'à s'enrichir. Devenu veuf peu de temps après le départ de son ami, Miles céda tous ses biens aux enfants qu'il avait eus de la belle Rhian, lesquels s'empressèrent de vendre les droits d'exploitation minière à une multinationale. Tous ses enfants devenus riches à leur tour le quittèrent. L'un deux, Julian Miles, qui avait beaucoup étudié à l'étranger, accepta une chaire de philosophie à Oxford où il mena une vie d'intellectuel rentier et demi-oisif jusqu'à la fin de ses jours. Une de ses filles épousa un baron allemand ruiné lors d'un voyage en Italie. Les autres s'installèrent à New York, à Boston. Tous sont morts aujourd'hui, sans descendants.

Seul comme le roi Lear, Byron Miles abjura la foi anglicane et reprit son vieux nom de Balthasar Szepticky. Il se remit à parler ukrainien avec ses anciens mineurs qui le parlaient encore et fit construire une église ukrainienne à toits en oignons. Il s'en institua sacristain et passa le reste de ses jours à prier et à tailler des bancs d'église dans le chêne. On le retrouva mort sur l'une de ses dernières œuvres de bois, un matin d'août.

Ce banc, on peut le voir. L'Obomsawin s'en est fait un banc public. Il est assis dessus tous les jours, le dos à la Wicked Sarah.

* * *

L'Obomsawin n'a jamais reçu un sou pour ses tableaux et sa murale historiques. La commande avait été passée par le conseil municipal à l'époque où Sioux Junction était l'une des municipalités les plus riches du Nord de l'Ontario. Tout le monde avait la télévision, les enfants des riches étudiaient dans les grandes villes ; il y avait un théâtre, deux cinémas, un centre culturel, des voitures de l'année partout. Les femmes prenaient des leçons de haute cuisine d'un grand gourmet de Toronto qui montait à Sioux une fois par mois ; le docteur, l'avocat étaient allés en Europe, les frères Sauvé allaient aux Bermudes tous les hivers, et l'automne, les patrons américains de la mine, qui venaient chasser l'ours et l'orignal, vivaient dans de grands chalets de luxe aménagés exprès pour eux.

Tout d'un coup, la mine s'est mise à licencier du personnel. Les frères Sauvé se sont mis à diversifier leurs avoirs, à acheter des entreprises rentables pour leurs enfants dans les villes du sud de l'Ontario et au Québec ; pour eux, c'était le temps d'en profiter pour mieux partir quand le bois n'irait plus. Après, il serait toujours temps de vendre à un concurrent moins pressé. Moins d'emplois, moins d'habitants, moins d'argent, moins de culture. Il fallut même voter le rétablissement de la taxe foncière. Pour éviter de payer l'Obom, les conseillers municipaux prétextèrent l'immoralité et la vérité pénible de ses peintures historiques.

Curieusement, Obom ne se plaignit jamais de cet acte illégal. Il se contenta du remboursement des frais qu'il avait engagés pour son matériel. En revanche, il garda les tableaux et les confia à sa mère qui disait n'avoir rien pour décorer ses murs. Obom aurait pu s'indigner des procédés du conseil qui l'avait fait travailler dix-huit mois pour rien : il s'en abstint avec plaisir, avoua-t-il plus tard, parce qu'il détestait ses tableaux historiques. On ne peut jamais peindre l'Histoire pure, c'est toujours soi-même et son temps que l'on représente. On n'y échappe pas : un peu comme les scènes de la crucifixion du Moyen Âge qui montrent la Vierge en hennequin, les soldats romains en cotte de maille et armet d'archer anglais, les pharisiens habillés en bourgmestres flamands.

La peinture historique d'Obomsawin ne fut qu'une longue recherche. Dans les portraits de bonnes sœurs et de députés qu'il fit également à la même époque, il apprit à observer, à choisir, à vouloir ce qu'il voulait vraiment. Il apprit aussi que le récit de l'Histoire est toujours teinté par le mensonge, que la vérité de l'Art ne s'arrache que par bribes.

12

Le procès d'Obom se déroule normalement.

Évidemment, ce n'est plus le même procès qu'au début. C'est une cause célèbre désormais. Si le litige n'a pas changé, Sioux Junction, entre temps, est devenue une autre ville. C'est dur, il faut s'habituer.

Il y a d'abord l'Hôtel des Draveurs qui a changé de face en moins de quatre semaines. Désormais, les trois seules chambres sont occupées par le juge — qui a la plus grande —, le procureur de la Couronne et l'avocat de la défense. Les autres pensionnaires, dehors! Les douze jurés habitaient déjà en ville, pas besoin de s'occuper d'eux.

Mais il y a les autres: tous les témoins qui n'en finissent pas d'arriver tout le temps: témoins de moralité de la défense et témoins à charge de la Couronne, qui sont à peu près tous de l'extérieur. Psychiatres de Toronto — l'un qui dit que l'Obom est en dépression passagère et l'autre qui a découvert en lui un maniaco-dépressif — collectionneurs, assureurs, experts en incendies criminels, avocats, etc. Tout ce monde-là qui arrive par hydravion, reste un jour ou deux et repart après pour revenir plus tard. Bien entendu, l'Hôtel des Draveurs ne peut loger tout le monde, alors Jo Constant fait le taxi du lac Winnissogan à la ville, et offre à ses clients de leur trouver un logement moyennant un petit pourboire.

Pour les Constant, les affaires n'ont jamais si bien été. Tellement, que madame Constant, la grosse Cécile, ne fait même plus la cuisine ni aucune autre tâche domestique : c'est elle qui accueille les clients, en robe noire ou bleu marine avec col blanc, ça fait plus sérieux. Madame Constant vit son rêve : elle a engagé du personnel et joue à la patronne. Elle est allée chercher un ancien cuisinier de chantier à la retraite, c'est lui qui fait la popote sous sa direction. Elle a embauché des étudiantes de Thunder Bay qui font les chambres et le service aux tables. Madame Constant fait les comptes et dirige l'hôtel. Son Jo, lui, fait le taxi en ville et les commissions. Le soir, au souper, les deux se promènent d'une table à l'autre et demandent aux clients si c'est bon. Comme dans les vrais hôtels.

En tout cas, les clients ont cessé de se plaindre de toujours manger la même chose. Au début, il y avait du bacon et des œufs le matin, des sandwichs au jambon et de la crème de tomate le midi, du caribou et des patates pilées le soir : tous les jours. C'est fini. Madame Constant a envoyé son mari faire des courses à Thunder Bay et il y va toutes les semaines maintenant. Ces temps-ci, on sert à l'hôtel des légumes en boîte, des fruits parfois presque frais, du pain tranché, de la vraie viande : du porc, du bœuf, parce que les clients se sont tannés de manger de la viande sauvage, surtout les pensionnaires. Heureusement, le vieux Martin, le nouveau cuisinier, sait tout faire : des tartes, des fèves au lard à la perdrix, du spaghetti italien. On ne boit plus de bagosse ni de gouffe à la table. Madame Constant a fait venir de la bière en fût et des gallons de vin canadien. Il y a même du vin mousseux au dessert des fois, à prix d'or. C'est désormais un vrai hôtel, avec un vrai menu à deux choix et des spéciaux du jour.

On mange maintenant à l'Hôtel des Draveurs des choses qu'on n'avait jamais vues avant à Sioux Junction. Une fois, Jo Constant a rapporté des kiwis de Thunder Bay. Des kiwis. On connaissait pas ça. Quand la grosse Cécile a vu ça, elle a hurlé à Jo :

— Hey, toé, c'est quoi ces affaires-là ?

— Heu, y appellent ça des kiwis...

— Ça se mange-ti au moins ? Ça ressemble à des gosses de singe !

— Oui, oui. Ça se mange. Regarde...

Jo prend son couteau et coupe un kiwi en deux. Cécile en revient pas.

— C'est vert en dedans.

— Oui, m'a t'y faire goûter, tu vas voir, c'est bon.

Jo a fini de le peler. Cécile y goûte.

— C'est vrai que ça goûte bon. Jo, dis au cuisinier que j'en veux sur la table à soir.

Et le soir maintenant, à la salle à manger de l'Hôtel des Draveurs, on sert de la tarte au kiwi, des grands-pères aux kiwis, du pudding au kiwi, tout au kiwi. Les clients commencent même à se tanner.

Jo Constant n'est pas tellement heureux que les affaires aillent si bien. Il n'a jamais autant travaillé depuis qu'il est à la retraite. Il s'était habitué à ne rien faire en attendant la grosse clientèle. Maintenant, il est sur la trotte du matin au soir. Et sa femme n'est pas plus aimable qu'avant. Sauf qu'elle ne lui crie plus après en public, mais en privé, c'est encore pire. Elle lui dit des choses méchantes : le traite d'impuissant, l'envoie promener, lui répète qu'il est bon à rien, pauvre lui. En public, elle l'oblige à montrer de la distinction. À bien parler, à se tenir comme il faut, à être poli. Comme elle. Elle lui a défendu de raconter ses farces plates aux clients, de roter et de péter à table. Il faut qu'il se conduise comme un vrai hôtelier.

— Pis, pas un mot, OK, Jo Constant? C'est toé qui m'a entraînée icitte. Ça fait que t'as besoin de filer doux!

Jo a hâte que ça finisse, ce procès-là. Que tout redevienne comme avant, quand il n'y avait personne, quand ils étaient tranquilles tous les deux. Rien devoir à personne, pas de commissions à faire, se lever quand on veut. Jo se plaint des petites fois :

— Ferme donc ta grande gueule, maudit cave! Tu comprendras jamais rien à rien. Tu le comprends pas ce qui passe? D'abord on a jamais fait autant d'argent depuis qu'on est icitte, dans ton maudit hôtel de fou. Pis c'est pas toute, imagine deux secondes que le procès du grand niaiseux à Obomsawin dure encore un mois : après ça, imagine qu'un autre cave dans ton genre passe par icitte pis qu'y voit les affaires qu'on fait à l'hôtel. Si y est aussi fou que toé, y va l'acheter, pis nous autres, on y vend au prix fort. Pis on sacre notre camp demain matin, see you in Florida, sucker!

T'avais pas compris ça, j'te gage, toé, Jo Constant? Une autre affaire, Jo, j'aime pas ça quand tu m'appelles Cécile devant tout le monde : c'est gênant devant les clients, pis c'est pas un bon exemple pour le personnel. C'est pas professionnel, pis ça manque de classe. Astheure, appelle-moi Madame Constant, ou patronne. Pis apprends donc à me dire « vous ». Fais voir que t'es un employé icitte. Ça paraît mieux...

Jo baisse la tête. Elle a peut-être raison dans le fond. Mais n'empêche que c'était beaucoup mieux avant, je change pas d'idée. Maudit Obomsawin, t'avais-ti besoin de mettre le feu à la cabane de ta mère?

Bonne nouvelle aujourd'hui! Le juge a décidé de siéger tout l'été, contrairement aux habitudes de la Cour suprême de l'Ontario: Son Honneur, le juge Kendrick, a obtenu une dispense. Il s'est arrangé avec Toronto, il prendra ses vacances à l'automne plutôt. Les deux avocats ne sont pas fâchés eux non plus, bien au contraire. Une bonne affaire pour les Constant et l'industrie touristique de Sioux Junction. La grosse Cécile est tellement contente qu'elle a décidé d'organiser une petite fête pour remercier le Juge, dont c'est l'anniversaire bientôt, soit dit en passant. Le pauvre, il ne sera pas chez lui pour se faire fêter, ça fait qu'on va arranger ça.

Le juge préfère passer l'été à Sioux Junction, même si c'est un trou creux comme tout, parce que ça va de plus en plus mal chez lui à Toronto. Son fils leucémique est plus malade que jamais; le pauvre juge, ça le rend malheureux, il ne peut pas supporter la vue de son fils qui souffre. À part ça, sa femme veut le divorce pour adultère et sa fille ne revient toujours pas du Mexique où elle a été arrêtée une fois déjà pour trafic de drogue. Et puis, il y a sa maîtresse qui lui téléphone tous les jours pour savoir quand il va se décider à venir rester avec elle; elle lui demande s'il l'aime vraiment, etc. Alors, problèmes pour problèmes, il aime autant écouter ceux d'Obomsawin qui sont plus intéressants que les siens. C'est lui, le juge, qui retarde les travaux du procès, parce qu'il veut écouter tous ceux qui ont trois mots à dire sur le grand peintre qu'on juge. Ça fait son affaire.

Ça fait aussi l'affaire de l'avocat de la défense, Jack Fairfield, qui a perdu toute sa clientèle déjà parce qu'il buvait comme un trou et qui se refait un nom ici avec le procès d'Obom, parce que le peintre est plus célèbre que jamais. On parle du procès dans les journaux et à la télévision toutes les semaines. Avec une cause comme celle-là, on attire les clients. L'avocat n'aura plus de misère à trouver du travail après ça. Et ça paye en plus.

Le procureur de la Couronne est content, lui aussi. Il a une ambition : être nommé juge au plus sacrant. Pour le prestige, parce que ça paie mieux, pour ses enfants qui vont à l'école, pour ses parents à qui ça ferait plaisir, pour travailler moins fort, pour ses anciens confrères de classe de la faculté de droit qui ne le trouvaient pas des plus brillants. Comme par hasard, c'est un procès qui fait jaser. Hier, aux Communes, la députée libérale Sheila Copps a posé des questions gênantes au gouvernement au sujet de cette affaire. Le procureur fait parler de lui, c'est bon pour son renom, il se fait remarquer. Comme par hasard, le juge Kendrick exerce une influence considérable au sein de la magistrature ontarienne, sa recommandation vaut quelque chose. Le procureur de la Couronne veut lui demander son appui, il a donc intérêt à se distinguer. Et puis, après tout, Sioux Junction, c'est pas si mal que ça ; sa femme et les enfants viendront y passer les vacances. Et ça coûte moins cher ici qu'à la baie Georgienne. Bref, ça fait son affaire, vous savez pas comment.

Alors madame Constant a décidé de fêter ça. Personne n'est contre. Les divertissements sont rares à Sioux.

Toute la ville sera invitée. Ça veut dire beaucoup de monde maintenant. La mine possédait autrefois des centaines de maisons dans la ville pour loger ses mineurs pour presque rien. La plupart sont réhabitées de ce temps-ci. Surtout par des squatters qui sont sortis d'on ne sait où, attirés par l'animation qui règne à Sioux. La société minière a envoyé du personnel pour rouvrir ses maisons. As a gesture of good will. En fait, la compagnie minière, qui est repartie en affaires au Canada, veut se faire pardonner la fermeture brutale de la mine il y a cinq ans. C'est une bonne occasion de s'attirer de la publicité que de loger pour rien tout le monde qui vient assister au procès d'Obom. Il n'en fallait pas plus pour lancer la rumeur que la mine va rouvrir bientôt. C'est pour ça qu'on voit du monde qu'on connaissait pas dans les parages, qui demandent s'il y a du travail par ici.

Justement, il se trouve beaucoup de monde qui veulent voir Obom se faire juger. Ce n'est pas le procès du siècle au Canada, mais c'est sûrement le cas à Sioux Junction. Parmi les curieux qui affluent tous les jours à la salle d'audience, il y a surtout des collectionneurs qui veulent savoir combien valent désormais les tableaux de celui qu'on appelle maintenant le Maître. Il y a aussi beaucoup de journalistes. Des gens avec des magnétophones, des appareils photos, des caméras de télévision, des micros.

Il y a surtout parmi eux des journalistes qui suivent la grande Sigourney Wakefield, de son vrai nom, Marcia Horowitz, la même qui tient le courrier du cœur du

Toronto Star, sous la rubrique Dear Ziggy. C'est à elle qu'on adresse des tonnes de lettres du genre : J'aime mon fiancé, c'est un gars travaillant et délicat. Mais il a un problème : il pue. Qu'est-ce que je dois faire ? Ou alors : Je me marie dans un mois. Ma future veut se marier en blanc ; or, elle n'est pas vierge. Ce ne serait pas honnête. Mais elle y tient. Comment puis-je lui faire comprendre que ce n'est pas bien, sans la blesser ? Aidez-moi. Et Dear Ziggy répond...

Dear Ziggy a déjà été l'amante d'Obomsawin, il y a longtemps. Elle l'a recueilli chez elle il y a vingt ans à peu près, quand il a commencé à être connu. C'est ce qu'elle dit tout le temps d'ailleurs. I sort of made him famous. He left me but I still care for him. I am here to support him morally. He is a great artist, no doubt. He doesn't deserve all this. I am going to hire the best lawyers in Toronto to help him out. Elle a encore dit ça hier à la télévision, en plein devant l'Hôtel des Draveurs, tout le Canada l'a vue. Sioux Junction est fière de la voir là.

Oui, l'encore belle Sigourney Wakefield est débarquée ici un matin avec une trentaine de reporters des meilleurs journaux jaunes du pays. On parle même du procès aux États. Obom est plus célèbre que jamais. Tous les petits journaux jaunes d'Amérique vont bientôt publier en épisodes le roman d'amour d'Obom and Ziggy, un livre que Ziggy est en train d'écrire, mais chut ! c'est un secret, n'en parlez à personne.

Bien sûr, dear Ziggy n'habite pas à l'Hôtel des Draveurs, c'est trop petit pour elle et sa suite. Chaque fois qu'elle vient, elle ne reste qu'une heure ou deux. Son hydravion, qui lui est prêté par un richissime industriel de Hamilton, l'attend sur le lac Winnissogan.

Elle va voir Obom sur son banc, lui parle deux minutes, se fait photographier avec lui, donne quelques entrevues aux journalistes qui la talonnent, signe des autographes et sacre son camp. Elle remonte dans l'hydravion privé avec ses deux petits pékinois et sa meute de journalistes jaunes. C'est elle aussi qui a fait venir les micros de la radio et les caméras de la télé à Sioux Junction grâce à ses relations.

Madame Constant est bien occupée à organiser sa grande fête. Peut-être que dear Ziggy y sera. Ce serait beau si elle venait. Elle viendrait sans doute avec ses journalistes. Et elle, Cécile Constant, pourrait peut-être dire quelques mots à la télévision. Ce serait pas mal extraordinaire.

13

Le monde est petit.

À Sioux Junction comme ailleurs.

Obom en sait quelque chose, lui qui a voyagé par le monde et qui a rencontré partout des gens qu'il connaissait. Au Japon, par exemple, où il a vécu un an, à l'époque où il cherchait des similitudes entre les procédés des estampes japonaises et les dessins figuratifs des Haïdas de la Colombie-Britannique, Thomas a croisé dans une rue de Kyoto un frère défroqué qui lui avait enseigné les mathématiques à l'école de réforme d'Alfred, et qui était là en voyage de noces avec une ancienne sœur que Thomas connaissait aussi : elle était sacristine à la paroisse Sacré-Cœur de Jésus d'Alfred. Ils ont reconnu Thomas, lui ont demandé ce qu'il faisait là ; ils ont bavardé les trois quelques instants. L'ancien frère a dit à Obom qu'il était fier de lui et qu'il devait continuer à peindre. Et il est parti avec sa femme. Le monde est petit.

Une autre fois, Thomas a rencontré sur les hauteurs du Machu Picchu, au Pérou, un des frères Sauvé, Bruno, le plus jeune de la famille des millionnaires qui possédaient la moitié de Sioux Junction. Bruno Sauvé était là avec une femme qui n'était pas sa femme. Il était un peu gêné de trouver Thomas là, mais il ne pouvait pas l'éviter.

— Salut, Bruno!

— Ah, Thomas, qu'est-ce tu fais ici?

— Je me promène, pis toi?

— Moi, comment je te dirais ça? Je fais le tour du monde, le médecin m'a dit de me reposer. Ça fait que j'ai décidé de commencer par l'Amérique du Sud, j'étais jamais venu. Je voyage avec Gisèle; Gisèle, je te présente Tom Obomsawin, c'est un artiste qui fait des peintures.

— Bonjour, Gisèle.

— Gisèle, c'est une de mes cousines. Elle vient de Montréal. Je lui ai payé le voyage, elle avait besoin de vacances parce qu'elle vient de perdre son mari, ça fait pas longtemps. Écoute, là, Obom, faut que je m'en aille, on se reverra. Salut, là, salut!

Et ils sont repartis. Le monde est petit.

Une autre fois, c'était à Berlin, il y a longtemps. C'était le premier voyage d'Obom en Europe. Il n'avait pas une cenne dans le temps, il sortait de prison et avait décidé d'aller se perdre en Europe pour se changer les idées. Il a fait du pouce de Toronto jusqu'à Montréal et, de là, jusqu'à Gaspé; de la Gaspésie, il s'est embarqué pour Terre-Neuve où il a trouvé un bateau portugais en route pour l'Islande. Obom y est allé. De là, il a poussé jusqu'au Danemark sans problème. Ensuite, il a fait le tour de l'Europe sur le pouce; il travaillait ici et là, dormait à gauche et à droite. Pour manger un peu mieux, il faisait des portraits de touristes dans les parcs et sur les places publiques. En tout, il est resté de l'Autre-Bord près de deux ans. Sans passeport. C'est rare, il faut être débrouillard et il l'était. Il se disait dans le temps: qu'est-ce que je ferais avec un passeport, nous autres les Indiens, on n'a plus de pays, ça fait qu'on n'a pas besoin de passeport.

C'est ce long séjour là-bas qui a fait dire aux premiers biographes d'Obomsawin qu'il a appris l'art de peindre en Europe. D'après l'un d'eux, c'est même à Berlin qu'il a reçu le meilleur de sa formation. C'est une farce.

Une seule chose est vraie là-dedans: c'est à Berlin qu'il est resté le plus longtemps, et pas parce qu'il le voulait. C'est tout.

C'est à cause d'une femme qu'il est resté si longtemps. Pas par amour, on sait qu'Obom n'a jamais aimé. Encore aujourd'hui, on se demande comment il a pu aboutir là-bas sans passeport, mais ça, l'histoire ne le dit pas. Quoi qu'il en soit, c'est un dimanche qu'il a rencontré Wiebke Haas, professeur de latin et de français dans un lycée, une jeune femme originaire des monts Sudètes en Tchécoslovaquie. Obom était entré chez un fripier pour acheter un chandail à cause de l'hiver qui s'en venait. Wiebke se trouvait chez le fripier au même moment et elle a traduit pour Obom. Ils sont sortis ensemble, ils ont bavardé quelques minutes sous un marronnier. Elle était jolie femme, divorcée, pas trente ans, les cheveux auburn et plus grande que lui. Obom lui a proposé de faire son portrait pour rien, il ne voulait pas la laisser partir, il n'avait pas parlé français depuis la Gaspésie, et pour une fois dans sa vie, il avait plaisir à le parler. Comme elle ne comprenait pas très bien son français à lui, elle lui a demandé en anglais un peu croche d'où il venait. Du Canada? Justement, elle avait une sœur émigrée là-bas! It is a small world, indeed. Eine kleine Welt...

Elle avait une course à faire. Pas le temps pour le portrait, mais il pouvait l'aider à transporter un meuble chez elle; elle venait tout juste de l'acheter dans la rue d'à côté, comme ça se voit dans les rues de Berlin, certains jours du mois, quand les gens vont porter leurs vieux meubles dans certains endroits désignés au lieu de les jeter, et d'autres gens les emportent chez eux et les réparent pour se meubler. Obom l'a aidée à transporter la commode chez elle. Il est resté là deux mois.

C'étaient de beaux moments quand il y pense. Ils faisaient l'amour tous les soirs sur un divan de cuir trouvé lui aussi dans la rue. Wiebke l'aimait comme une folle, ou comme quelqu'un qui n'a pas eu personne depuis longtemps, ce qui revient au même. Elle le montrait partout, à tous ceux qu'elle connaissait, celui qu'elle donnait pour un peintre amérindien et alingue. Lui, il mangeait tous les jours, buvait tant qu'il voulait et dormait toutes les nuits avec une femme superbe. Il ne l'aimait pas, non, mais elle était tellement gentille avec lui. Elle avait une drôle d'habitude, cependant: quand ils se couchaient, elle mettait toujours un morceau de vieille toile au-dessus de la lampe pour qu'ils se voient mieux pendant. Une fois que le morceau de toile était au lavage, elle a pris la première étoffe qui traînait, sans trop regarder, tellement elle était pressée. C'était le chandail qu'Obom avait acheté chez le fripier le jour où ils s'étaient connus. Seulement, le chandail a collé à l'ampoule un peu trop, et le lendemain, Obom a vu un gros trou dans le dos. Comme il n'était pas très fier, il est parti quand même avec le chandail.

C'est sans doute cette blessure béante d'amour au dos qui a attiré l'attention des policiers qui l'ont arrêté ce jour-là, quand il était en train de pisser sur le Mur de Berlin, mais de l'autre côté du Mur, où il n'avait pas d'affaire. Les policiers est-allemands l'ont embarqué deux fois plus vite quand ils ont vu qu'il était sans passeport : aucune police du monde n'aime les gens sans passeport, surtout ceux qui sont habillés comme des guénillous. Ç'aurait pu très mal se passer. Il est resté un mois au pain sec et à l'eau dans une prison municipale à faire des graffitis. Quand il a réussi à faire comprendre à la police qu'il était un presque Indien du Canada, on a fait venir de Moscou, de toute urgence, un spécialiste soviétique des langues amérindiennes. On ne savait pas si on avait affaire à un espion de la CIA ou à un illuminé qui se promène sans passeport.

Heureusement pour lui, le rapport du savant soviétique qui conversait assez bien en ojibwé, a établi la preuve de son amérindianité. Bien. Mais le passeport? De son côté, Wiebke avait alerté les autorités canadiennes et ouest-allemandes. Qu'est-ce qu'Obom était allé faire de l'autre bord du Mur, pour l'amour du Bon Dieu?! Il avait réussi à se faufiler avec des touristes indiens — des vrais Indes — et son teint avait trompé tout le monde. Obom voulait savoir s'il est vrai que les gens sont malheureux du côté communiste.

Finalement, en conséquence des pressions exercées par Ottawa, qui voulait récupérer son Indien, et grâce au gouvernement est-allemand qui ne voulait pas avoir l'air fou, et qui avait décidé entre temps qu'Obom n'était ni un espion de la CIA ni un peintre amérindien transfuge à l'Est, en tout cas, pour abréger, on a expulsé Obom, qui a été conduit du bon bord du Mur, les menottes aux poings, avec son chandail troué. Ça avait duré un mois et il avait hâte d'en sortir. Et devinez qui l'attendait de l'autre côté, en compagnie des soldats américains qui braquaient des fusils chargés sur les soldats soviétiques armés jusqu'aux yeux: Pierre Carrière de Sioux Junction, oui monsieur!

— Pierrot, qu'est-ce tu fais là?!

— Je suis venu te chercher, Thomas. On va te rapatrier.

— Pourquoi toi?

— Je suis consul du Canada à Stuttgart. On m'a demandé de m'occuper de ton cas. J'ai fait toutes les démarches, figure-toi. Je me suis dépêché quand j'ai su qu'il s'agissait de toi. Mais sans dire à personne qu'on est du même village. Autrement, ils auraient trouvé ça louche. Viens t'en, Obom...

— Maudit que le monde est petit, tu trouves pas?

— Oui. Viens, il faut y aller.

Dans la brume du petit matin, Obom cherchait sa blonde, Wiebke. Pas de Wiebke. Il y avait d'autres policiers à la place, qui l'ont tout de suite réarrêté et mis sur le premier avion pour le Canada. Pierre Carrière l'a accompagné à l'aéroport militaire britannique parce que ça faisait partie de ses fonctions. En chemin, ils ont échangé quelques nouvelles. Pierre en était à son premier poste dans le service diplomatique canadien.

— Pis, t'aimes-tu ça faire de la diplomatie?

— Obom, tu vas être déporté. On ne se promène pas à l'étranger sans passeport. Je t'en ferai obtenir un si tu veux. Compte-toi chanceux qu'on ait pu intervenir. On aurait pu te perdre, Obom, fais attention. Sans ton amie, madame Haas, on n'aurait pas su que t'étais là-bas...

— Wiebke ? Ah oui... Écoute, j'aurai pas le temps de l'appeler pour la remercier, mon avion part bientôt, l'appellerais-tu pour moi ? Tu dois savoir quelques mots d'allemand ? Fais ça pour moi.

— Oui, je ferai ta commission.

Pierre se souvient encore d'Obom : habillé comme la chienne à Jacques, tout maigre mais de bonne humeur, content de rentrer chez lui, même les menottes aux poings, avec ses farces plates.

— Je pensais qu'on était libre à l'Ouest comme à l'Est. Pourtant les menottes ont toutes l'air d'avoir été faites à la même place.

Pierre Carrière n'a jamais rappelé la belle Wiebke. Il n'avait plus le numéro et il avait fait son devoir de toute façon. Il avait bien assez d'avoir à faire un rapport sur toute l'affaire. Somme toute, d'ailleurs, la chose a bien tourné pour lui : pour avoir fait libérer un citoyen canadien, il a été promu : on l'a affecté au cabinet du ministre des Affaires extérieures à Ottawa. De retour au pays, il s'est marié. Pas avec n'importe qui : un homme dans sa situation a besoin d'une femme qui sait se tenir, qui sait parler, qui sait recevoir.

Oui, le beau Pierre est bien tombé. Il a épousé une jeune fille qui a de l'argent de famille, qui a étudié la littérature anglaise et vient comme lui de Sioux Junction, mais comme dit Pierre, elle a le bon goût de ne jamais en parler. Elle s'appelle Carmen Richer. Le monde est petit.

14

L'Obosomsawin a gagné des millions.

C'est la partie la plus mal connue de sa vie.

Dans le cas d'Obom, on aime croire à la fable du peintre pauvre, mais génial et célèbre. Curieusement, ses biographes ne parlent jamais des tableaux qui lui ont permis de vivre une orgie qui a duré près de dix ans, whisky et cocaïne à volonté sur des jets qui faisaient le tour du monde.

Les tableaux de lui qu'on retrouve à l'Ermitage de Moscou et à Beaubourg, à Paris, ne l'ont pas payé du tout. C'étaient des pièces sur lesquelles il travaillait depuis longtemps et dont aucun amateur ne voulait. Ce sont celles-là que les acheteurs du gouvernement préféraient. C'est vrai que ce sont aussi ses meilleures.

Les premiers biographes d'Obom ont bien fait de ne pas parler des tableaux qui ont fait sa fortune. C'est qu'ils sont très quétaines.

J'aurais préféré ne pas en parler moi non plus. Obom a insisté. Il faut tout dire, ou alors se taire, répète-t-il. Ça fait que vas-y, come on, kid !

À une certaine époque de sa vie, Obom en a eu assez de crever de faim. Un peintre d'Ottawa, riche mais sans talent, lui a indiqué la recette à suivre :

— Je te connais, toi, Obomsawin. C'est bon ce que tu fais ; j'ai des tableaux de toi, j'ai toujours pensé que t'avais du talent. Mais y faut que tu saches que faire de la peinture, pis faire de l'argent, c'est deux choses. Viens, je vais te montrer.

Obom voulait savoir. Dans le temps, il n'avait plus une cenne. Ça ne servait à rien, il ne vendait rien et ne travaillait plus depuis trois ans. Le gouvernement du Canada avait beau acheter ses tableaux pour les mettre dans des musées étrangers, ce n'était pas assez pour l'enrichir ; et ce n'étaient pas les livres qu'on lui consacrait qui allaient l'engraisser non plus. Pour faire changement, il voulait faire une piastre vite pour prendre des vacances et s'oublier tout à fait une fois pour toutes. Faire la grande vie, une fois dans sa vie. Alors Obom a suivi le peintre d'Ottawa chez un collègue qui s'appelait Boivin.

Boivin n'était pas un mauvais gars. C'était surtout un grand alcoolique qui peignait toujours à moitié saoul. Tout le temps qu'il peignait, il avait une bouteille de rye à portée de la main, il buvait au goulot en travaillant. Il aimait dire :

— Dans le fond, je pense que j'ai pas confiance dans mon talent. Je suis pas capable de travailler à jeun. Faut que je me stimule. Ça fait que je bois. À part de ça, je m'appelle Boivin, faut que je porte mon nom. En veux-tu une gorgée ?

Le peintre d'Ottawa avait dit à Obom :

— Regarde ce gars-là. C'est un des peintres les plus doués de sa génération. Il peut faire n'importe quoi. Mais il crèverait de faim si j'étais pas là. Quand je l'ai connu, sa femme et ses enfants mangeaient un jour sur deux. Je lui ai montré comment faire. Je lui ai dit : Arrange-toi d'abord pour gagner ta vie, fais quelque chose de facile, mais qui paie. Après, quand t'en auras assez de collé, tu pourras faire ce que tu veux.

Obom était curieux. Il a vu ce que Boivin faisait. C'étaient des paysages d'Ottawa : le Canal, le Parlement, le Musée de l'Homme, la Basse-Ville. Il y en avait des milliers dans sa maison ; le genre de peinture inoffensive pour touristes comme on en trouve dans le Vieux-Montréal et rue du Trésor à Québec. C'est vrai que ça payait, les peintures-cartes postales. Le reste du temps, Boivin aurait voulu peindre des vies marines, des formes abstraites, des choses qu'il aimait. Obom avait demandé à les voir :

— Mes autres affaires ? J'en ai plus tellement, j'en fais plus. J'attends de faire mon argent. Au début, je pensais faire les deux de front, mais c'est dur. Je m'y remettrai plus tard.

— Ça fait combien de temps que t'as pas fait ce que t'aimes ?

— Cinq ou six ans, je sais pas. Ça fait rien. Ça me reviendra un jour. Je pense.

En tout cas, Obom l'a vu faire et a décidé de faire pareil. De l'argent d'abord, de la peinture ensuite. Le peintre d'Ottawa, qui, lui, s'appelait Langevin, était tout fier de l'avoir convaincu. Il lui a dit :

— Dis-moi donc ça, Obom : tu viens du Nord de l'Ontario, tu dois être capable de faire ça, un paysage ?

Tu sais, là, un beau paysage d'automne avec un toit de cabane en bois rond, à l'avant-plan. Ou bien des traces d'animaux dans la neige, l'hiver. Une petite rivière qui charrie de la glace au printemps. T'es capable de faire ça? Fais-en, le monde aime ça à mort, ils en achètent à la pelle, pis c'est pas difficile à faire.

Obom ne se l'est pas fait dire deux fois. Il s'est mis à produire des paysages du Nord de l'Ontario comme un maniaque. En un an, il en avait fait six cents, près de deux par jour. Dans ce temps-là, Langevin l'hébergeait pour rien.

— Tu me paieras ta pension quand tu seras millionnaire. Maintenant, faut que tu vendes, pis pour ça, y a pas de meilleur vendeur que le peintre lui-même. Je vais te donner mes trucs.

Vendre. Ça aussi, Obom l'a appris. Il s'est associé avec Langevin: les deux faisaient des « tournées de créativité pictoriale », Langevin donnait des conférences au grand public sur le sujet, après, Obom faisait des démonstrations. C'était facile. Langevin voulait convaincre les gens que chacun a en lui une faculté créatrice qui dort, et que celle-ci peut se réveiller du moment qu'on a un pinceau et des couleurs dans les mains et qu'on apprend à se libérer de ses inhibitions:

— Mettons que tu veux faire un paysage. Tout le monde aime un beau paysage. C'est facile, t'as juste besoin d'un canevas, des pinceaux, des couleurs que t'aimes. Pis vas-y, lâche-toi, laisse faire le talent des autres, pense au tien...

— Pour faire ton paysage, tu fais une ligne: comme ça. C'est facile. Ensuite fais un arbre. T'es capable de faire un arbre, fais-en un. Bon, astheure, fais-en une vingtaine de pareils. Dépêche-toi. Bon, là, tu trouves que c'est pas bon. Décourage-toi pas, c'est pas si mal, pis tu débutes à part de ça. Apprends à aimer ce que tu fais. Ensuite, fais un toit de cabane. C'est pas plus difficile. Bon. C'est tout, tu l'as ton paysage. On appelle ça un tableau, astheure. Il est à toi. T'es content ?

Langevin organisait comme ça des ateliers de créativité dans les petits villages de l'Ontario français. Il déménageait tous les soirs, dans sa camionnette, avec Obom à côté de lui. Les gens payaient 20 $ pour entrer ; le peintre donnait sa petite conférence avec démonstration d'Obom, puis les gens s'essayaient eux-mêmes à faire un petit tableau sous la direction du peintre d'Ottawa qui n'avait pas son pareil pour vanter le monde ; Langevin vendait aussi du matériel pour ceux qui n'en avaient pas, à trois fois le prix, évidemment, à cause du transport. D'une place à l'autre, d'Embrun à Cornwall, de Welland à Windsor, partout dans le Nord, croyez-le ou non, les gens se battaient pour assister aux ateliers faiseurs de peintres. Les deux ont fait ça trois ans ensemble. Tout le monde voulait essayer, et il faut dire que la technique marchait bien. Tous ceux qui essayaient se croyaient peintres un instant, et Langevin passait entre les rangées de chevalets et les encourageait.

Oui, ça marchait en grand, leur affaire. Dans des petites places comme Azilda, à côté de Sudbury, plus de quatre cents personnes par année assistaient aux ateliers de création. Beaucoup de monde, donc beaucoup d'argent. Et ça faisait des jaloux. Certains artistes-peintres, des professionnels, disaient : « Ça vaut pas de la marde, c'est de la cochonnerie ! On exploite les gens ! »

Mais Langevin était habile. C'était un homme d'affaires, il savait vendre et se vendre. Il répondait :

— Il y aura toujours des jaloux pour chier sur le succès des autres. Dans le fond, ce qu'ils refusent d'admettre, c'est que j'accomplis avec Obom une œuvre d'éducation populaire, en réveillant le potentiel du vrai monde, leur instinct créateur. Je leur révèle les secrets, les lois essentielles de la peinture, et les artistes-peintres voudraient garder ces choses-là pour eux. Moi, au contraire, je veux que ça se répande, et puis, sait-on jamais, parmi les gens que j'invite à créer, il y a peut-être des futurs Renoir, des Manet, des Riopelle. C'est une œuvre de sensibilisation populaire à l'esthétique pictoriale. C'est révolutionnaire et c'est moral. Mais y a rien de mal à ce que ça me paie.

Il oubliait de dire qu'on vendait des tableaux de Langevin et d'Obom après chaque atelier. Toujours la même chose : des toits de cabane dans la forêt, des ruisseaux charrieurs de glace au printemps, des traces d'animaux dans la neige sur le lac gelé. Et ça se vendait comme des petits pains chauds. Le monde aimait ça, pis c'était pas cher en plus. Deux cents piastres pour une petite peinture, six cents pour une grande. Il y en avait pour tous les goûts, toutes les tailles, tous les prix. Le peintre avait aussi une entreprise d'encadrement de tableaux à Ottawa, pour les gens qui voulaient faire encadrer leurs propres peintures. Si on achetait une peinture du maître à 600 $, on avait droit à un encadrement gratis. Si on encourageait le public à acheter les œuvres de Langevin et d'Obom, c'était pour leur donner un exemple à suivre et une belle peinture en même temps pour leur salon.

Une fois qu'Obom se plaignait de toujours peindre les mêmes affaires et de ce que ses tableaux disaient tout le temps les mêmes choses, l'autre lui avait expliqué :

— Obom, de mon ancien métier, moi, j'étais exterminateur. Exterminateur de bibites, de rats, de parasites, toutes ces affaires-là. Pis attention, exterminateur licencié de la province de l'Ontario : faut que tu passes un examen écrit pis un examen oral pour avoir ton certificat, OK ? J'ai fait de l'argent à faire ça, j'ai appris à vendre, OK ? Pis m'a te dire une affaire : vendre des contrats d'extermination, pis vendre des peintures, c'est la même affaire. Ça s'appelle vendre, vendre, vendre. J'ai fait ma piastre dans l'extermination, pis après ça, je me suis lancé dans la peinture parce que j'avais toujours eu du talent pour dessiner quand j'étais jeune, comprends-tu ? À part de ça que je m'étais rendu compte qu'on pouvait faire plus d'argent avec des tableaux qu'avec des contrats d'extermination.

Mais, tsé, vendre, c'est ben beau, mais pas n'importe quoi à n'importe qui, quand même ! Voir si le monde vont acheter des Riopelle et des Lemieux. D'abord, y sont pas assez avancés pour ça, y peuvent pas comprendre ce genre de peinture-là ; pis c'est trop cher pour eux de toute façon. Non, ce qu'on fait là, nous autres, c'est correct : on éduque les gens, on leur donne le goût de peindre et d'aimer la peinture. C'est juste le début. Pis les gens sont moins niaiseux qu'on pense, ils aiment ça pour de vrai la peinture. C'est un maudit beau cadeau à faire à quelqu'un que t'aime. Votre fille a fini l'université ? Ce serait beau, un tableau dans son bureau, faites-lui en un. Hey, c'est le vingt-cinquième anniversaire de mariage de tes parents : ils aimeraient ça, un beau tableau, pas un que t'as fait, ils en ont déjà un, mais peut-être un d'un peintre que tu connais personnellement, moi ou toi, Obom. Pis aux prix que sont les cadeaux de nos jours, quatre cents piastres, c'est pas cher. C'est même moins cher qu'une machine à laver neuve! Pis un beau tableau, ça décore bien un mur. Non, Obom, tu sais, le monde a un sens artistique, faut juste le développer. Pis à part de ça, nous autres là, toi et moi, on a le droit de gagner notre vie comme tout le monde, et on peut le faire en faisant une œuvre d'éducation durable... Obom, on parle, on parle... Ça te tenterait pas de te lancer dans la peinture esquimaude ou indienne? Y paraît que les deux s'en viennent à la mode. T'as un nom indien toi: ça pourrait t'aider. On devrait essayer...

Même Obomsawin l'admet aujourd'hui: l'idée de pratiquer l'art amérindien lui est venu de Langevin, le peintre-exterminateur.

15

De ce temps-ci, il y a du monde en masse à Sioux Junction.

Bien sûr, il y a toujours le juge, les avocats et les journalistes. Ce sont eux qui ont mis Sioux Junction sur la carte du Canada. Il y a aussi beaucoup de touristes, du monde qui jamais auparavant n'aurait pensé une seule seconde à mettre les pieds à Sioux. Ce sont, pour la plupart, des admirateurs d'Obomsawin, des collectionneurs aussi, et de simples curieux. Et, il fallait s'y attendre, avec le retour des Blancs qui dépensent beaucoup et qui font rouvrir les débits d'alcool en un rien de temps, les Indiens de la réserve sont revenus. Il y a de l'argent à faire, les touristes aiment bien acheter des souvenirs d'artisanat autochtone pour montrer qu'ils sont allés là-bas pour vrai. Il y a d'autres gens aussi, mais on ne sait pas ce qu'ils font là.

Il y a, entre autres, un couple d'Ottawa, Monsieur et Madame Hartfelt, elle et lui médecins d'origine allemande. Dès que le procès a commencé à faire du bruit, ils ont écrit à l'avocat de la défense pour offrir de témoigner à la décharge d'Obom. Ils sont arrivés dernièrement. Ce sont de braves gens dans la soixantaine. Parmi tous les experts qui ont défilé devant le juge pour expliquer l'œuvre de Thomas Obomsawin, ils ont été, l'un et l'autre, les plus éloquents. Leur témoignage a même mangé deux jours du procès, car ils ont fait l'historique de la peinture amérindienne au Canada. Ils ont dit que la peinture est l'art le plus amérindien qui soit, et que les premiers tableaux d'Obom, ceux des premières années, sont une contribution sans égale à la peinture amérindienne, et certainement ce qu'Obom a fait de mieux dans sa carrière. Ce sont de vrais experts, respectés et désintéressés. Curieusement, pourtant, ils n'ont pas parlé de la période alimentaire d'Obom, son équipée avec le peintre d'Ottawa vulgarisateur. Ils n'ont pas voulu donner d'opinion non plus sur les tableaux historiques d'Obom qu'ils n'ont jamais vus. Donc ils ne peuvent pas dire si Obom a détruit des œuvres du patrimoine canadien.

En parlant d'experts, personne n'a encore vu les deux premiers biographes d'Obom.

Parmi les Indiens, il n'y a pas que des vendeurs de souvenirs et des ivrognes ; il y a aussi d'autres peintres. Entre autres, Francine Cree, de plus en plus connue pour ses aquarelles, mais il y a surtout Jim Whiteduck, qui mériterait à lui tout seul une demi-douzaine de biographies. Il peint toujours, sa notoriété n'est plus à faire. C'est un immense Ojibwé — un vrai, lui — qui a fait de la prison jeune pour avoir violé sa sœur ; c'est d'ailleurs en prison qu'il a appris à peindre. Il vit au Manitoba et se tient loin de la justice. On le voit souvent avec Obom, assis sur le même banc ; avec le Déprimé, il est le seul qui ait le droit de s'asseoir sur le même banc qu'Obom. C'est un peu son garde du corps. Il n'y a que le Déprimé qui puisse s'approcher d'Obomsawin sans craindre de se faire revirer par l'imposant Whiteduck. Les autres, les journalistes jaunes surtout, ont besoin de pas venir écœurer Obom parce que Jim Whiteduck, c'est un bon gars d'habitude, mais quand on le provoque ou qu'il a pris un coup, il est pas du monde.

Comme avant, on se plaint des Indiens. Les gens disent qu'ils vivent comme des sauvages, qu'ils cassent tout quand ils boivent, qu'ils sont sales, qu'ils démolissent les belles maisons de la mine quand ils s'installent à dix ou à vingt dans une. En général, il faut dire qu'ils se tiennent tranquilles.

Et parmi ceux qui ne sont pas venus pour le procès d'Obom, il y a un certain Carl Bentham. C'est un homme d'affaires de Winnipeg. La revue *MacLean's* a parlé de lui dernièrement. Ce serait un génie du commerce, à ce qu'il paraît, et il a déjà fait son million dans l'immobilier. Son dernier coup de maître : il a acheté d'un seul coup toutes les maisons abandonnées d'une ville fermée par une mine en faillite, et il les a toutes revendues au cours d'un grand encan. Carl Bentham avait acheté toutes les maisons mille piastres chacune et les a revendues cinq fois le prix, transport inclus, à ceux qui voulaient se faire des chalets avec ou avoir une maison pas chère qu'ils pourraient replanter ailleurs où l'économie est bonne. Bentham a fait le coup une fois en Saskatchewan et une fois dans le nord du Québec, à Schefferville, quand l'Iron Ore est partie. Chaque fois, il a fait un gros paquet d'argent. C'était simple, mais il fallait y penser. Or, il paraît que Sioux Junction est à vendre ces temps-ci. Bentham connaît son affaire ; pour lui, il y a de l'argent à faire ici. En attendant d'acheter toutes les maisons de Sioux, Monsieur Bentham loue un divan à cent piastres par jour à l'Hôtel des Draveurs.

On dirait de ce temps-ci que le procès d'Obom va bien. Au début, ça allait plutôt mal. Il était alors surtout question de preuve. Par exemple, a-t-on bel et bien vu Obom mettre le feu à sa maison ? Personne ne pouvait le dire avec exactitude, sauf Roland Provençal. Autres questions : comment le feu a-t-il pris, et avec quels matériaux ? Qu'est-ce qui a brûlé au juste ? Combien de tableaux, etc. ?

Le commissaire des incendies de l'Ontario est venu lui-même à Sioux Junction. Dans son rapport au juge, il a déclaré qu'on avait mis le feu exprès, c'est chose certaine, en aspergeant d'essence les toiles d'Obom, surtout la grande murale historique. Ce sont les tableaux qui ont pris feu les premiers, pas de doute là-dessus. Le reste de la maison, faite surtout de rondins, a brûlé au ras en moins d'une heure. On voyait la lueur de l'incendie à des kilomètres à la ronde. C'est même ça qui a attiré les premiers Indiens qui sont revenus à Sioux Junction. Tout ce qu'on sait de manière certaine à propos du rôle d'Obom, c'est qu'il se tenait devant l'incendie sans rien dire, la face noircie, la veste roussie. Et quand Jo Constant lui a demandé si c'était lui qui avait mis le feu à la maison de sa mère, Flore Obomsawin, Thomas a répondu oui. Mais Thomas était parfaitement saoul aussi, donc, on ne peut le croire tout à fait.

Aveu de culpabilité, a crié le procureur de la Couronne, qui voulait repartir avec une condamnation dans sa poche. Objection, Votre Honneur, a dit le procureur de la défense, l'accusé était en état d'ébriété, l'aveu est donc irrecevable. Objection maintenue.

Puis Roland Provençal, le témoin oculaire le plus important de la Couronne, est venu tout embrouiller. Il est arrivé à la barre en costume trois-pièces, tout beau ; il avait même pris son bain la veille pour faire bonne impression. Il avait hâte, son jour de gloire était arrivé ; il allait paraître devant toute la ville, il aurait peut-être son nom dans tous les journaux de l'Amérique du Nord avec ça. Des entrevues à la radio et à la télévision peut-être.

— Oui, monsieur le juge. J'ai vu Thomas Obomsawin sortir de la maison qui brûlait déjà. Je le sais, je reste en face. Pis y avait l'air content de son coup. Moi, je le connais, Obomsawin, je l'ai quasiment élevé, pis m'a vous le dire : Obom, c'est un écœurant, un christ d'écœurant !

— Objection, Votre Honneur, le témoin s'écarte du sujet. On ne discute pas de la moralité de l'accusé. Le témoin doit s'en tenir aux faits et s'abstenir de nous livrer ses réflexions personnelles.

— Objection maintenue.

— Objection, pas objection, Obom, c'est un écœurant pareil, OK ? Moi, dans mon idée, je pensais que ce serait une bonne idée de faire un musée avec la maison de Flore Obomsawin. Ç'aurait été bon pour le tourisme icitte par rapport qu'y a beaucoup de monde qui aiment ça les peintures d'Obom. Moé, je connais pas ça, mais s'y sont assez fous pour aimer les peintures d'Obom, y sont assez fous pour venir jusqu'icitte. Moé, je vous le dis, ça aurait lancé le tourisme par icitte. Avec le tourisme, on fait des jobs pour beaucoup de monde. Je le sais, moé, j'ai eu un hôtel sept ans de temps, OK ? Ben non... fallait que c'te christ d'écœurant-là mette le feu à sa maison...

16

La première fois ? Obom s'en souvient comme si c'était hier.

C'était avec Carmen Richer, qui était belle comme un cœur. Elle et Thomas se voyaient tous les jours qu'ils pouvaient. C'est-à-dire à toutes les deux semaines, quand Thomas revenait du chantier des frères Sauvé à Keegstra, à cent soixante kilomètres au nord de Sioux Junction. Cet été-là, Thomas travaillait dans le bois ; il bûchait comme tout le monde. Ses patrons étaient contents de lui, ils voulaient lui offrir une place à la scierie à l'automne, à piler de la planche ; avec la promesse de travailler un jour dans les bureaux de la compagnie. Et son contremaître, monsieur Rancourt, lui disait que s'il voulait, il pourrait faire toute sa vie dans l'industrie forestière : faire des bons salaires, peut-être devenir un jour chef d'équipe, sait-on jamais, contremaître même ? Avec ça, il pourrait se marier, faire une vie normale, des enfants, être bien. Obom l'écoutait sans rien dire parce qu'il aimait bien monsieur Rancourt qui l'avait engagé après tout. Monsieur Rancourt n'avait qu'une idée dans la tête : donner une chance à Obom, le changer, en faire quelqu'un de bien, parce que, on s'en souvient, Thomas sortait de l'école de réforme d'Alfred.

— Mon petit Thomas, écoute bien le père Rancourt. Avec lui, tu vas devenir un homme. Pis t'en fais pas, le père Rancourt en a aidé des plus durs que toé.

Il disait tout le temps ça ; Thomas lui répondait par des signes de tête et des sourires gênés.

— Oui, monsieur Rancourt, c'est ça.

— Pis oublie pas, Thomas, y a rien que deux choses qui comptent dans la vie : gagner sa vie honnêtement et élever sa famille chrétiennement. Oublie pas ça.

La famille, gagner sa vie. Tom s'en sacrait comme de sa première touche de cigarette. Cet été- là, Tom pensait à deux choses : faire assez d'argent pour s'acheter de quoi peindre et coucher avec Carmen. Il partirait à l'automne, il se prendrait un atelier à Montréal ou à Toronto et il ferait des peintures toute la journée, tous les jours.

Thomas connaissait Carmen depuis toujours, ils avaient grandi dans le même voisinage. Elle, elle était toujours première de classe ; ses parents avaient de l'argent, et de toutes ses sœurs, c'était elle la plus belle. Elle allait au couvent, tout le monde sait ça, et elle trouvait Thomas de son goût ; et ça, lui seul le savait, c'était suffisant.

Cet été-là, pas une fois Thomas n'a dit à quiconque qu'il voyait Carmen. Elle non plus n'a rien dit à personne. Obomsawin n'a parlé de ces choses-là qu'avec son troisième biographe.

Les deux avaient raison de se taire. Thomas n'avait pas trop bonne réputation en ville. Il sortait de l'école de réforme d'Alfred, à quatre-vingts kilomètres d'Ottawa. On l'avait enfermé là quatre ans pour avoir mis le feu à l'école primaire de Sioux Junction. Une histoire niaiseuse, dans le fond. Thomas était entré dans l'école un soir, après la fermeture; dans ce temps-là, Thomas ne faisait rien de bon, il n'allait même plus à l'école, parce que chez eux, on n'avait pas d'argent pour ça; il était entré dans l'école, donc, pour voler du vin que le concierge cachait dans son placard. Il n'était pas seul, il y avait deux autres petits gars avec lui, Wayne Wabaschi, un Indien de la réserve, et Jean-Charles Sigouin, dont le père était mineur. Comment ça s'est passé, on le sait pas. Les gars avaient pris un petit coup, ils avaient allumé des cigares et joué une petite partie de cartes, et le feu avait pris dans les poubelles. Thomas a été le seul à se faire prendre, c'est lui qui a payé pour les autres, qu'il n'a jamais dénoncés.

Son compte était bon. Sa mère, Flore Obomsawin, ne travaillait plus dans le temps, elle prenait un coup et voyait d'autres hommes, même si elle vivait encore avec son Larry. Le travailleur social avait expliqué au juge que ça serait une bonne chose de soustraire l'adolescent à l'influence d'une telle mère. Même Flore était d'accord, même que, depuis que son petit gars s'était sauvé des États-Unis, elle trouvait que ce n'était plus son petit gars à elle, qu'il était comme un autre. Elle n'a même pas contesté la décision du juge de la Cour familiale de mettre son fils à l'école de réforme d'Alfred. Peut-être qu'il apprendrait un métier là-bas, pour gagner sa vie plus tard; peut-être qu'il apprendrait à bien se conduire aussi, à se faire des amis, ce serait pour son bien. Et puis son Larry commençait à être tanné du petit Tom. Les deux pensaient d'ailleurs partir pour l'Ouest pour se faire une nouvelle vie, et il n'était pas question d'emmener Tom avec eux.

Dans le fond, comme dit Obomsawin aujourd'hui, ç'a été une bonne affaire pour tout le monde, cet incendie-là. Ses parents étaient débarrassés de lui, le juge débarrassait la ville d'un futur délinquant juvénile et la commission scolaire touchait un beau magot de l'assurance pour se faire construire une belle école toute neuve qui ne coûterait rien aux contribuables. Ce n'est pas tout: à l'école de réforme d'Alfred, les frères des Écoles chrétiennes enseignaient le dessin.

— Y avait deux frères à l'école de réforme qui enseignaient le dessin: le frère Marius et le frère Isaïe. Quand j'y repense aujourd'hui, c'étaient deux ignorants qui faisaient leur possible; on les forçait à enseigner le dessin, ils n'y connaissaient rien, mais ils s'appliquaient quand même. Je faisais tout le temps des croquis avec eux, ils me trouvaient doué, mais surtout, ils m'aimaient parce que je leur donnais pas trop de trouble, j'étais fin avec eux. Moi, j'aimais dessiner pis je savais d'instinct que c'étaient pas des mauvais diables qui étaient pas là pour m'écœurer, mais pour m'aider.

Oui, monsieur, j'ai eu quatre belles années là-bas. On mangeait trois repas par jour, pis y faut penser qu'y en avait beaucoup de nous autres qui étaient pas habitués à ça. La nourriture était pas le diable, mais c'était mieux que rien. À part de ça, on était habillés pour rien pis on dormait au chaud. J'ai même jamais voulu me sauver, j'aurais pu m'en aller au bout de deux ans parce que je me tenais tranquille, mais j'ai jamais voulu. M'a te dire: la seule chose qui était dure à endurer là-bas, c'était la misère des autres enfants qui avaient été battus chez eux pis qui en voulaient à tout le monde. En tout cas, rendu que je pouvais dessiner tant que je voulais, moé...

Le frère Marius surtout m'encourageait. C'est lui le premier qui m'a emmené à la Galerie nationale à Ottawa pour voir des vraies peintures. Ça, mon gars, ça été un des plus beaux jours de ma vie. Y en avait de toutes les sortes : des nus, des abstraits, des peintures allemandes, italiennes, américaines. C'est ce jour-là, mon cher ami, que j'ai décidé d'être peintre le reste de ma vie.

Une fois, le frère Isaïe m'a dit : si t'aimes ça tant que ça, la peinture, m'a te faire rencontrer un peintre d'Ottawa (Langevin, dont je t'ai déjà parlé) : c'était un gars qui faisait des paysages canadiens, mais qui faisait surtout de l'argent. C'était un vrai homme d'affaires, il possédait deux ou trois commerces au nom de sa femme. Y est vieux et millionnaire aujourd'hui ; y a rien que l'argent qui l'intéressait de toute façon, mais y m'avait quand même donné le goût de vivre son genre de vie. Y avait été très gentil avec moi, il m'avait dit de retourner le voir quand je serais tanné de crever de faim.

En tout cas, mon idée était faite : j'allais être peintre. Quand j'ai eu dix-sept ans, j'avais beau aimer où j'étais à l'école, j'ai été obligé de partir. J'étais rendu trop grand. Ça fait que j'ai décidé de retourner à Sioux, de travailler un peu pour me payer des couleurs et des pinceaux et de me mettre au plus sacrant à faire des tableaux...

— Comme ça, t'as rien que fait deux ans forcés à Alfred, pis deux ans comme volontaire. C'est pourtant pas ce que tes premiers biographes ont écrit ?

— Ces biographes-là, c'est deux pleins de marde! Je les ai seulement jamais vus!

— Obom, on s'écarte du sujet. Tu voulais parler de Carmen.

— Ah oui, Carmen...

Elle était folle de lui. Pour le marier, non, elle savait qu'elle était trop jeune et que ses parents voudraient jamais d'un gendre de même. Mais elle l'aimait, ça c'est sûr. Depuis la fête du bazou, elle pensait à lui tous les jours au couvent de Sturgeon Falls; elle lui faisait des lettres imaginaires de quinze pages qu'elle n'osait jamais lui écrire. L'été prochain, elle le reverrait. Thomas Obomsawin, c'est le plus beau gars du monde, pis y a juste moi qui le sait.

Quand elle est revenue du couvent pour passer l'été, ça a pas été long. Elle s'est arrangée pour aller le trouver. Elle avait seize ans, elle pouvait faire presque tout ce qu'elle voulait. Ils ont jasé ensemble un soir de juin; lui travaillait à l'usine des frères Sauvé pour se faire juste assez d'argent pour vivre un an sans travailler, juste peindre. Oui, Tom, c'est une bonne idée, mais je savais pas que tu peignais. (C'est vrai qu'elle ne le savait pas, mais quand elle l'a su, elle l'a juste trouvé deux fois plus beau.) Mais elle, c'était Carmen Richer, une fille qui va au couvent. On peut-ti se revoir? Oui, Tom, mais faut pas que mes parents le sachent.

Ils se sont embrassés le premier soir, elle a manqué mourir tellement elle était heureuse. L'été venait de commencer.

Au début, lui et elle ne faisaient rien. Ils s'embrassaient seulement en fin de soirée. Mais au bout de trois ou quatre rencontres, ils s'embrassaient tout le temps et se prenaient de partout. Ils étaient heureux. Le grand jour s'en venait, ce serait la première fois pour les deux. De son côté, Carmen se disait : si mes parents me renvoient au couvent à l'automne, je couche avec ; s'ils me gardent ici, j'attendrai, on se mariera à Noël quand il aura dix-huit ans. Tom lui disait : décide-toi quand tu voudras, moi, je suis prêt depuis la fête du bazou.

Au début, ils se voyaient dans le camp de chasse du père de Carmen, sur une île du lac Winnissogan. Ils se retrouvaient là, elle y allait dans le yacht de son père, et lui ramait jusqu'à l'île. Mais après un bout de temps, madame Richer ne voulait plus qu'elle y aille ; peut-être qu'elle se doutait de quelque chose. Alors ils se retrouvaient où ils pouvaient. C'était pas facile. Ils ne voulaient même pas être vus marchant ensemble. Pas moyen de toute façon de faire une marche ensemble parce que les maringouins les auraient mangés tout ronds.

Ils ont fini par trouver un truc. Ils se voyaient au dépotoir, croyez-le ou non. Personne n'allait jamais là, sauf les ours. Le beau Tom avait trouvé une vieille camionnette toute maganée avec un habitacle dessus. Il avait ramassé des vieux tapis et des couvertures qu'il avait étendus par terre. Ça sentait un peu le moisi, mais il n'y avait pas de maringouins et on pouvait s'étendre. Vers la fin juillet, ils se voyaient là tous les soirs ; ils apportaient de quoi faire un snack, des cigarettes en masse, un petit peu de bière pour se dégêner.

Ils ont fini par être prêts tous les deux en même temps. Ça s'est bien passé, c'était même beau, c'était bon, et plus ça allait, mieux c'était. Il fallait faire attention, mais ça valait la peine.

L'été a fini par achever. Carmen est retournée au couvent, le visage en deuil. Avant de partir, elle s'était chicanée avec lui, et lui avait manqué le dernier rendez-vous, le maudit! Tout d'un coup que ce serait rien qu'une aventure? Elle ne savait plus.

* * *

Quand la sœur directrice du couvent l'a renvoyée à ses parents en novembre suivant avec une lettre leur demandant de lui faire voir un médecin, ça a été moins drôle. Thomas était déjà reparti, un de ses nombreux exils. La petite Carmen n'a jamais voulu dire qui était le père, même pas au curé qui voulait quasiment la confesser de force. Qu'est-ce qu'on a fait au Bon Dieu pour avoir des enfants de même?

On a arrangé ça. Le curé connaissait une maison à Ottawa où on hébergeait des filles-mères jusqu'à l'accouchement. C'était une grande maison sur la rue Daly, elle existe encore, toute restaurée, habitée par des gens qui en ont de collé. Carmen a abouti là, son enfant a été adopté, comme celui des autres, et si tout le monde l'a su à Sioux, personne n'en a jamais parlé devant monsieur et madame Richer. On parle pas de ces choses-là. Carmen n'en reparle pas non plus. À quoi bon, d'ailleurs? Sa petite fille a été adoptée par de bons parents sans doute? Elle aurait été trop jeune pour s'en occuper, et ses parents ne voulaient rien savoir. Obom non plus; il n'a même jamais demandé de ses nouvelles, ni d'elle ni de l'enfant.

Carmen est mariée aujourd'hui avec Pierre Carrière, un petit gars de par chez elle qui réussit bien comme diplomate: il est ambassadeur du Canada au Nicaragua. Elle a eu deux enfants de lui, qui commencent à être grands maintenant. Elle a de l'argent (elle a hérité beaucoup), des domestiques et parle avec un accent français à son mari. C'est pas du mauvais monde, ils sont juste comme ça.

Carmen a bien voulu me parler de son histoire avec Obom, elle n'en a pas honte, c'est du passé. Il n'y a qu'une seule chose qui lui fait encore mal au cœur, un petit mauvais souvenir comme chacun en traîne dans sa vie.

Elle avait accouché en mars. À Sioux, on disait qu'elle voulait rester au couvent pour aider les sœurs aux fêtes religieuses, c'est pour ça qu'elle ne redescendait pas souvent. Mais elle a fini par revenir, il fallait bien. On a fait coïncider son retour avec la fin des classes en juin. Juste à temps pour la fête du bazou qui dit l'été, le jour où il devait couler. Carmen était là avec la moitié de la ville autour d'elle qui applaudissait, quand la vieille camionnette où elle avait fait son enfant oublié avec Obom, a fini par couler pour de bon. Elle n'a jamais voulu dire pourquoi elle pleurait comme une Madeleine.

17

C'est la fête ce soir à l'Hôtel des Draveurs.

Juste une petite fête, pas la grande fête dont rêvait Cécile Constant. Ce sont les amis d'Obom qui l'organisent. Ce matin, le témoin vedette de la Couronne, Roland Provençal, s'est emmêlé les pieds. L'avocat de la défense en a profité pour le discréditer aux yeux du jury. Et si le tribunal rejette le témoignage de Roland, l'acquittement d'Obom est presque assuré. Il faut fêter ça.

Pourtant, Roland était bien parti. Très sûr de son fait, il a raconté comment il avait vu Obom sortir de la maison en flammes et faire des remarques nonchalantes sur le feu pris à ses propres toiles. À l'entendre, le jury et l'auditoire étaient convaincus de la culpabilité d'Obom.

Mais Roland a pris goût à son succès et s'est laissé emporter. Malgré les objections répétées de l'avocat de la défense et les rappels à l'ordre du juge, il a tenu à raconter le passé d'incendiaire d'Obom : que c'était lui qui avait mis le feu à l'école Marie-du-Sacré-Cœur et qu'il avait fait quatre ans d'école de réforme pour ça quand il était petit. Obom a toujours mis le feu partout ! « Je vous l'ai dit, Votre Seigneurie, Obom, c'est un enfant de chienne, pis un pas-de-cœur ! »

Le procureur de la défense, maître Fairfield, hurle que le témoin fait mention de circonstances étrangères au procès, et ce, dans l'intention manifeste d'accabler son client aux yeux du jury. Avortement de procès, Votre Seigneurie !

Le procureur de la Couronne, maître Lennox, a toute la misère du monde à faire oublier les faux pas du témoin à charge Provençal. Il y parvient presque. Mais l'autre avocat ne lâche pas prise. L'occasion est trop belle. Tout d'un coup, maître Fairfield se calme comme par magie et pose des questions tout à fait innocentes au témoin Provençal, qui ne demande pas mieux que de rester à la barre.

Maître Fairfield le fait parler. Il lui demande, par exemple, ce qu'il a fait dans la vie. Roland, qui ne se doute de rien, raconte entre autres qu'il a vécu un an à Paris parmi les clochards, sous les ponts, rien que pour connaître leur vie. Il s'est battu cinq ans dans la Légion étrangère et a travaillé pendant trente ans au Yukon. Il est l'ami personnel du premier ministre du Canada, qui vient souvent le visiter à Sioux, dans sa limousine noire, pour prendre conseil. Roland explique aussi qu'IBM et Coca-Cola sont au bord de la faillite, que la crise économique est proche et que les deux Allemagnes bientôt réunies s'apprêtent à reconquérir la Russie pour de bon. Roland Provençal descend du Christ aussi.

Le juge enlève ses lunettes et lui demande : « Vous

descendez du Christ, de Jésus-Christ ? » « Oui, Votre Honneur. » Roland Provençal s'explique. Le Christ a été crucifié par les Romains, mais Ponce Pilate l'a fait libérer le même soir pour l'envoyer en exil en Gaule, la France dans ce temps-là. Le Christ s'est marié et a eu des enfants : son arrière-arrière-petit-fils s'appelait Clovis, le premier roi de France. Pis Louis XIV lui, c'est un descendant de Clovis, vrai ou pas vrai ? Pis les Filles du Roi, là, c'était les bâtardes de Louis XIV, tout le monde sait ça. Justement, le premier Provençal à s'établir au Canada a épousé une des Filles du Roi. Ça fait que je descends du Christ, oui ou non ? — Il y a un silence gêné dans la salle. Le juge remet ses lunettes. L'avocat de la défense a l'air content. Il pose une dernière question :

— Monsieur Provençal, à combien estimez-vous la population du Canada ?

— Je sais pas, moé. Je dirais : quatre cents, cinq cents millions, mais pas plus...

— Merci, monsieur Provençal. Plus de questions, Votre Honneur.

Le jury éclate de rire. Ça y est, Roland est fait. Le tribunal ne retiendra pas sa déposition, c'est sûr. D'autant plus qu'un autre témoin viendra dire demain qui est Roland Provençal : selon le docteur Franklin McGuire de Thunder Bay, Roland Provençal est prestataire de l'assistance sociale depuis l'âge de vingt ans et n'a jamais quitté Sioux Junction de sa vie.

Alors c'est la fête. Mais pas trop fort, par superstition ; on ne sait jamais, ça pourrait porter malheur de se réjouir trop vite. Et puis Obom n'est pas là, il est trop malade. Dear Ziggy n'a pas voulu venir, elle est trop occupée ; madame Constant est déçue. Entre amis, donc, on se saoule discrètement à la bagosse, en petits groupes. On parle à voix basse, on a la joie tranquille. Jo Constant, épuisé, dort sur son divan. Le juge, un peu saoul, fait des confidences et des petites passes à Cécile Constant, flattée. Dans un coin, le Déprimé joue des airs de jazz ancien au saxophone, un vieux saxo qui a appartenu à Omer, le maître de musique de Sioux Junction. C'est une petite fête quand même, pour passer le temps.

18

À Sioux Junction, on m'appelle le Déprimé.

Bientôt, on ne m'appellera plus rien, parce que je m'en vais. On ne m'appellera surtout plus le Déprimé, parce que ma déprime est passée. Je suis guéri, je ne prends plus de médicaments, je reprendrai bientôt mes fonctions au ministère des Services sociaux de l'Ontario ; j'ai en main une lettre de mon employeur qui le confirme. On va m'affecter ailleurs qu'à Sioux Junction ; probablement que je vais aboutir à Hamilton ou à Ottawa, un coin tranquille. On verra.

Je dois beaucoup à l'Obomsawin. Sans lui je serais encore sur le carreau. Ma dépression s'est dissipée au fur et à mesure que j'écrivais la troisième vie d'Obom. Roland Provençal a fait partir la rumeur que je passe mes nuits tout nu sur mon lit à faire des mots croisés. C'est faux, qu'on se le dise : la nuit, je recopie mes notes sur le peintre Thomas Obomsawin. Les mots croisés, c'était avant. Avant Obom.

Quand il est revenu ici, je me laissais mourir tranquillement, je n'étais pas plus vivant que Sioux Junction. Bientôt, je vais faire comme la ville : je vais me retransplanter ailleurs. C'est à peu près officiel maintenant, Carl Bentham me l'a confirmé hier en me faisant promettre de ne pas le répéter à personne : la ville sera inondée au printemps prochain pour faire place au barrage du réservoir géant Kinashobi. Pour revoir ce qui restera de la ville dans cinq ans, il faudra se promener en sous-marin ou en scaphandre. Fini Sioux Junction, on tourne la page. Sioux n'existera plus que dans les livres. C'est le temps ou jamais d'acheter les maisons pas chères de la compagnie minière et des frères Sauvé, comme l'a dit Carl Bentham. Want a good deal ?

Oui, j'écris la vie d'Obom pour me retrouver dans mon désespoir. Mais il y a plus important : j'ai aussi écrit les deux premières biographies d'Obomsawin, l'une en anglais, l'autre en français. Celle-ci, la dernière, est écrite dans mon français à moi. Ne serait-ce que pour ça, elle est plus vraie que les deux autres.

Il faut que je dise aussi : je suis né à Sioux Junction, comme Obom, comme les autres dont il est question ici. Je me nomme Louis Yelle et mon père était directeur de l'école française de Sioux.

J'ai connu Obom, j'avais six ans, et on lui prédisait déjà un avenir trouble. Mon père n'arrêtait pas de dire qu'il finirait mal, parce qu'il n'écoutait pas ses conseils. Obom a refusé de devenir un petit singe francisé, il a eu de la chance. Pas moi. Mon primaire fini, j'ai fait mon secondaire chez les jésuites de Sudbury ; après, j'ai étudié la sociologie aux États-Unis. Ma thèse de doctorat à l'université Madison avait pour sujet l'acculturation ojibwée. Puis j'ai enseigné un peu partout et je suis revenu à Sioux pour me faire pardonner les péchés de l'homme blanc envers l'Indien. J'étais déjà en pleine dépression de divorce quand je suis revenu par ici.

C'est fini maintenant. J'ai réappris à penser au contact d'Obom. Il m'a fait comprendre que je ne suis pas celui qui a violé les femmes indiennes et que je n'ai pas volé les terres des Ojibwés et des Cris ; je ne suis que le descendant des criminels, ma faute est morte avec mes ancêtres. De nos jours, les Indiens se débrouillent tout seuls, ils n'ont pas besoin de la conscience coupable d'un travailleur social venu oublier parmi eux ses petits malheurs personnels. Les Indiens ont des ressources ; ils emploient des avocats, des comptables pour se sortir du trou. Obom dit qu'ils ont bien fait, ceux qui m'ont sacré une volée, pour m'apprendre à ne plus leur montrer ma condescendance. Il a raison dans un sens.

Je n'ai jamais dit à Obom que j'avais écrit les deux autres biographies. Ça me gêne. Il y a de quoi.

J'ai écrit la première en anglais. Il faut dire que je n'avais guère le choix. J'arrivais des États-Unis, je vivais au Canada anglais, ma compagne de l'époque était originaire de l'Inde. Je pensais et vivais uniquement en anglais. Je n'aurais pas pu faire autrement. Et puis, je crois bien que c'était aussi un acte de rébellion contre mon père, qui avait été maître de français à Sioux Junction pendant trente ans. Une façon comme une autre de l'assassiner proprement, de me soustraire à son influence pour de bon. Une façon de renier une langue qui sert surtout à dominer son prochain quand on la maîtrise, comme lui-même me l'enseignait si bien.

Pourquoi Obom ? Pour sortir de mes publications savantes, pour payer ma dette envers l'Indien. Aussi parce que je n'avais pas d'autre sujet d'admiration capable de me faire écrire. J'étais incapable de parler de moi, je me suis donc servi de lui. C'est à Obomsawin que j'ai prêté toutes mes ambitions et tous mes fantasmes esthétiques. Encore aujourd'hui, quoique dans une mesure plus lucide, je me rends compte naïvement que même les biographies les plus froides traduisent les obsessions du biographe. On ne s'en sort pas, on ne s'exprime jamais, on reste toujours soi-même par les autres, on devient soi par autrui. J'avais choisi d'être Thomas Obomsawin parce que lui s'en était sorti : il avait refusé la tyrannie de la langue française, allant même jusqu'à inventer un idiolecte pour se parler tout seul. Et c'était un grand peintre pour moi, maître d'un art qui me fascine et que je suis toujours incapable d'exercer après de nombreuses tentatives grotesques.

Quand mon père a reçu mon premier livre, *The Life and Paintings of T.C. Obomsawin*, il a failli péter une crise cardiaque. Un livre en anglais ! Il ne s'attendait pas à ça, ça a été comme une claque sur la gueule. Avoir élevé un fils pour se faire faire une chose pareille !

Il n'est pas le seul à avoir mangé un coup comme celui-là. Ça arrive dans les meilleures familles : des pères juifs qui voient leurs fils épouser des chrétiennes ; une grand-mère de Terre-Neuve qui apprend que ses enfants sont à l'école d'immersion française d'Halifax. Les préjugés meurent longtemps.

Mon père a subi d'autres affronts de ce genre. Il ne parle plus à ma sœur qui est mariée avec un Algérien, au français pourtant parfait, selon son cœur, mais l'homme a la peau trop basanée à son goût ; mon autre sœur vit à Pittsburgh, avec son mari et ses enfants. Mon père, le défenseur du français de Sioux Junction, a des petits-enfants qui parlent de lui en disant Grand-

Daddy. Il n'a jamais voulu les voir. Moi, je lui ai fait un livre en anglais.

Mes deux sœurs et moi, chacun à notre façon, avons tenté de le tuer. Nous avons échoué. Il vit toujours. En Floride, avec d'autres vieux. Tous les mois, il donne des conférences à l'Alliance française de là-bas sur le destin, la beauté et la nécessité de LA langue, la sienne, à des bonnes gens à moitié sourdes. Il passe ses étés au Québec. Des gens qui l'ont vu dernièrement me disent qu'il n'a jamais été aussi bien portant. Il aime son combat pour la Langue, c'est sans doute ça qui le fait vivre si vieux.

Je n'ai pas écrit la biographie française pour me faire pardonner la première. Non plus pour me rapprocher de monsieur Yelle, le maître de français de Sioux Junction. Je continue de croire qu'il a tort : que le français, si centralisateur par nature soit-il, n'a pas été inventé pour dominer autrui avec un bel accent et de belles phrases de grands auteurs qui nous sont aujourd'hui muets. Le français n'a d'avenir que si on cesse d'en faire un instrument de domination, que si on accepte aussi de l'enrichir par les mots de tous les peuples francophones, même par les mots pris à l'anglais. Le français sera sauvé le jour où on admettra que tous les français sont permis.

J'ai commencé à écrire en français quand ma fille est née, de mon mariage avec une Acadienne de Bouctouche. Avec elles, j'ai repris goût à ma langue et confiance dans mes moyens. La naissance de ma petite Maud m'a redonné le goût de réfléchir à tout ça et d'essayer une fois de plus. Je n'ai pas changé de sujet : je me cachais toujours derrière les tableaux d'Obomsawin.

Là encore, j'ai échoué. Car ce n'était pas moi qui écrivais, c'était la langue des autres, des bien-parlants.

Évidemment, c'est de ma faute, je n'avais aucune confiance en moi et j'avais demandé à ma femme de m'aider, elle qui possédait certainement le français tel qu'on doit le parler internationalement. Elle était professeure de français à Toronto et elle savait se servir d'un dictionnaire et d'un crayon-feutre rouge. Elle a corrigé toutes mes fautes, patiemment ; avec elle, j'ai réussi des phrases que je ne me connaissais pas. J'étais content de moi, je m'aimais mieux, et je renaissais tranquillement au français, comme je le croyais naïvement. Peu à peu, je suis devenu un autre homme. À l'instar de ma femme qui avait réussi à gommer complètement sa parlure acadienne, c'était rendu que j'avais un accent français, je prenais mon petit déjeuner le matin et je roulais en bagnole. Pauvre cave !

Le livre est sorti, ma femme est partie peu de temps après. Pas la peine d'en parler ou de dire pourquoi. Je suis entré au ministère des Services sociaux à Toronto, puis j'ai réabouti à Sioux Junction pour me retrouver un peu, pour éprouver surtout mes convictions sur la condition indienne au Canada, en innocent que j'étais. Je voulais aussi apprendre à me comprendre, me connaître. J'y arrive, tranquillement.

Il ne faut pas s'étonner si les deux premières biographies d'Obomsawin ont paru sous des pseudonymes. Je croyais agir par pur plaisir quand j'ai inventé les curriculum vitae de mes prête-nom. Je me trompais. Sans doute que, malgré moi, quelque obscur instinct venu d'un moi originel mais presque muet, bâillonné et ligoté par une certaine éducation et une certaine société, me forçait à prendre de tels moyens, pour me faire dire que ces livres n'étaient pas de moi, mais écrits sous l'empire des moi collectifs qui me tenaient de partout.

J'avais beaucoup réfléchi à tout cela quand, au bout de ma dépression, Obomsawin est revenu dans le portrait. Il arrivait d'un long séjour à l'étranger, cassé comme un clou et pourtant décidé à ne plus jamais peindre et à faire maison nette dans sa vie, décidé, aussi, à ne plus jamais mentir.

J'étais au plus creux de ma déprime dans ce temps-là. Je suis allé le trouver, je lui ai montré les livres que j'avais faits sur lui et qu'il connaissait déjà, sans lui dire toutefois de qui ils étaient. Il a dit que ces livres-là ne valaient rien, qu'ils devaient disparaître. J'étais d'accord.

Je lui ai dit: je peux faire mieux que les premiers, mais va falloir que tu m'aides. Et je vais l'écrire dans la seule langue que toi et moi connaissons bien: le français parfois cajun d'un Ontarois en train de retrouver sa langue. Obom a trouvé l'idée bonne. Il m'a seulement fait promettre de ne rien oublier. Je me suis mis au travail le soir même.

19

La fin de l'Obomsawin approche, c'est lui qui me l'a dit.

C'est le cœur qui fait mal. On a diagnostiqué sa maladie il y a un bon bout de temps.

— Ma mère disait toujours que j'étais un sans-cœur. Si elle me voyait souffrir maintenant quand ça me prend, elle changerait d'idée. Après tout, le cœur, c'est un muscle comme un autre. Quand on le magane à force de fumer comme un trou et de boire du cognac, c'est pas étonnant que ça fasse si mal.

Obom souffre. Il ne boit même plus, lui qui, avant, buvait comme un sauvage et portait sa boisson comme une tribu. Plus d'alcool et plus de tabac non plus. Il y a des fois où il se tord comme un damné. Il s'essouffle vite; souvent, on dirait qu'il somnole pour rien. Il a même cessé ses promenades quotidiennes: c'est tout juste s'il peut se rendre à son banc d'église sur le bord de la Wicked Sarah. Il fait une dizaine de pas de plus, et c'est le martyre. Des fois, quand sa circulation bloque trop longtemps, il devient aveugle; il lui faut se concentrer totalement sur ses muscles pour ne pas se retrouver le trottoir dans la face. C'est maintenant le temps ou jamais de lui poser toutes les questions.

— C'est vrai, Obom, que t'as jamais aimé?

— Oui.

— Tu as gagné des fortunes, c'est vrai?

— Non, il y a eu des moments où j'ai gagné gros. Mais j'avais des associés, j'étais pas tout seul. Il fallait couper les piastres en quatre.

— Qu'est-ce que t'as fait de ton argent?

— J'ai vécu à rien faire pendant longtemps. Dans les meilleurs hôtels, et je me suis jamais rien refusé. Il m'en reste un petit peu, je sais pas où. Assez pour payer mon enterrement, en tout cas. Tu sais, j'ai jamais été écureuil, mais je me suis toujours arrangé pour rien devoir.

— Obom, t'es amérindien pour de vrai? Tout le monde le pense.

— Non. J'ai de quoi en commun avec les Indiens, du côté de ma mère. Mais je peux te dire que j'ai été élevé comme un sauvage, pis que je vis encore comme un. C'est drôle, de nos jours, ça fait tellement plaisir au monde de la ville quand tu leur dis que t'es Indien. C'est rendu à la mode. Je laisse le monde croire ce qu'y veulent à mon sujet, rendu qu'y sont contents...

— T'es rien qu'un peu indien?

— T'es achalant avec ça! M'a te dire: des fois, j'ai des feelings indiens, comme quand je suis écœuré, t'sais j'veux dire. It's like a cold pain in me. En tout cas, quand je rencontre des vrais Indiens, on n'a pas besoin de se parler pour se comprendre. Ça me fait drôle.

— Pourquoi que les Indiens disent que t'es un des leurs?

— Parce que ça fait leur affaire, je pense.

— Ça te dérange-ti qu'on t'écrive ta biographie en pleine face?

— Non, même que ça m'aide à mourir plus tranquille. I'll tell you, though, it's a damn good feeling to know that somehow you can't die because there are books and paintings around that say you were alive at one time. Tu comprends ce que je veux dire?

— Penses-tu qu'on arrive à connaître un homme totalement?

— Impossible. C'est ce que j'aime de la vie: de penser qu'y a toujours une partie ou une autre de toi-même que le monde peut pas connaître. Some parts of you vanish with you. I like it.

— As-tu peur du verdict, Obom?

— Non. Si on me trouve innocent, tant mieux. Ma mère a toujours dit que j'étais rien qu'un innocent. Me le faire dire une fois de plus ou de moins, ça me dérange pas... Après, je ferai juste comme avant...

— Peindre?

— Non. Je te l'ai dit: plus jamais. Never again.

Et si t'es reconnu coupable?

— Y m'enfermeront, c'est tout. Y m'enverront pas longtemps en prison, y vont me garder dans une maison avec des fous, pis y vont me laisser aller. C'est de même aujourd'hui. Une petite chambre à Toronto, mon chèque de bien-être social à tous les mois, assez pour manger pis dormir, des pilules en masse à la place des barreaux. Je sais ce que c'est. Ça me fait rien. Je m'en vais bientôt de toute façon.

— Tu vas mourir, Obom?

— Oui, monsieur, more sooner than later.

Il y a beaucoup de monde qui veulent parler à Obom. On le tient pour un vieil Indien sage. Le matin, quand il marche à grand-peine vers son banc d'église, il avance entouré de disciples, dont Jim Whiteduck et moi-même. Il y a d'autre monde aussi qui approche, des journalistes de Dear Ziggy, des touristes curieux, des collectionneurs qui chassent l'autographe pour donner plus de valeur à leurs tableaux. Obom tient audience quinze minutes le matin et quinze minutes le soir ; le reste du temps, Jim Whiteduck, le peintre — qui fait six pieds cinq pouces — tient tout le monde à distance. Il fait bien, car on veut surtout profiter d'Obom et lui poser des questions niaiseuses : quel est le sens de la vie, Obom ? dis-nous c'est quoi, l'art de peindre ? crois-tu dans la vie après la mort ?

Obomsawin répond le moins possible. Il sourit seulement de sa bouche devenue croche. Puis il se remet à somnoler, et les gens s'en vont, affamés.

20

Il faudra bien que la vérité sorte un jour ou l'autre.

Obom n'a jamais mis le feu à sa maison, avec tous les tableaux. On lui fait un procès pour rien.

C'est moi, Louis Yelle le Déprimé, qui ai allumé l'incendie. Obom était là, il m'a vu faire, il m'a même aidé, il n'a rien dit. Même quand on l'a arrêté, il n'a rien dit. Il s'est laissé faire, comme s'il avait été le vrai coupable.

Cent fois je lui ai dit de me laisser dire la vérité. Il ne veut rien entendre. Il dit que ça devait se passer comme ça, que j'ai eu raison de mettre le feu. Même que ça aurait été encore mieux si j'avais pu faire brûler tous ses tableaux.

Je travaillais à la troisième biographie d'Obom — la vraie — depuis trois mois, quand ça s'est passé. Lentement, par bribes, Obom démolissait une à une toutes les hypothèses que j'avais avancées dans les livres précédents. Je m'étais trompé partout, sur toute la ligne, et tout mon verbiage de chien savant ne valait pas une cenne. Mais ce n'est pas ça qui m'a le plus révolté : je m'attendais bien sûr à ce qu'Obom réfute un peu mes livres — puisque j'en avais inventé la moitié pour moi tout seul — mais je ne m'attendais pas du tout à certaines révélations.

J'ai commencé à douter d'Obom quand il m'a raconté son épisode de peintre industriel, sa fameuse peinture alimentaire, son entreprise d'éducation populaire payante. J'ai été déçu, moi qui le croyais incorruptible. Dès ce jour-là, je me suis mis à le tutoyer, moi qui le vénérais comme un grand maître.

Le grand coup est venu quand nous avons discuté du fameux tableau qui se trouve chez le gouverneur général du Canada et qui s'intitule « Mouettes sur le lac Nipissing », une superbe aquarelle en trois dimensions, où les oiseaux en pleine hystérie montrent leur ventre blanc aux vagues qui cherchent à les happer. Un tableau de grande beauté que tant de spécialistes tiennent pour un chef-d'œuvre de la peinture amérindienne.

— Celui-là, c'est pas moi.

— Comment ça, c'est pas toi ? C'est ta signature ?

— Je le sais. Mais c'est Jim Whiteduck qui l'a fait.

— Comment ça ?!

— Oui. Pis celui qu'on a donné au président des États-Unis, c'est Maxine Ivanhoe, une peintre crie qui vit à New York aujourd'hui.

— Es-tu en train de me dire, Obom, que t'as jamais fait de peintures indiennes ? C'est impossible ?!

— Énerve-toé pas. Mettons qu'à peu près la moitié de mes tableaux appartiennent à des jeunes peintres cris ou ojibwés qui commençaient mais qui étaient pas connus. Moi, j'ai juste lancé la mode.

Je n'en revenais pas.

— C'est pas compliqué. Eux autres étaient pas connus, moi oui. J'avais trop de commandes, j'avais pas toujours le temps. Ça fait que des fois, j'acceptais de signer leurs peintures. Je leur repassais la moitié de l'argent après. Ça les payait beaucoup, ça les aidait en attendant. Moi, ça me payait un peu aussi. Know what I mean?

— C'est de la fraude, ça, Obom?

— Wake up, ti-gars, y en a d'autres qui l'ont fait avant moé.

— Ça te dérangeait pas?

— Plus astheure.

Il restait là, assis sur son banc d'église, dans le soleil du jour finissant. Il tirait sur sa cigarette roulée, impassible dans ses habits d'Indien déguisé en Blanc que je détestais tant tout d'un coup, surtout son grand chapeau de cow-boy, sa maudite veste de chasse carreautée, ses maudites jeans, ses bottes puantes.

— Fake, Obomsawin, fake, pis quétaine à part de ça. Ouais, monsieur!!!

Je suis parti en maudit. J'ai été trois jours sans le revoir, à faire des mots croisés tout seul dans ma chambre, tout nu sur mon lit.

C'est lui qui est venu me retrouver. Il m'a même fait des excuses.

— T'étais fâché l'autre fois, mon petit coq?... Fais toi-s'en pas de même. Défâche-toé, reviens me voir. No hard feelings.

J'ai réfléchi. J'y suis allé.

— Obom, je te comprends mieux, je pense. Sais-tu quoi? Dans le fond, je suis autant à blâmer que toi. Je m'étais fait de toi une image qui était fausse: j'imagine que j'avais besoin de croire en l'existence d'un certain Obomsawin, pour mes besoins propres. Je t'inventais comme je voulais parce que ça faisait mon affaire. Ça non plus, c'est pas honnête. Pas plus que les peintures des autres que tu signais. Les deux choses se valent finalement.

— Là tu parles, mon ti-gars. Prends-toé une chaise. Now you're talking.

— J'ai pensé à mon affaire, Obom. Sais-tu ce qu'on va faire? Tu sais, ta maison, là? le gouvernement de l'Ontario veut l'acheter, il paraît, pour la transplanter à Hamilton, pour en faire un musée, imagine-toi donc. Un musée pour la peinture amérindienne. C'était normal de penser à toi, t'es un des premiers, maudit pirate! Ça se passera pas comme ça. Regarde ce qu'on va faire: on va y aller toé deux, pis on va mettre le feu dedans. Comme ça, plus de mensonge, pour toi et moi. Après, on pourra vivre honnêtement et faire autre chose. Viens-tu? On va effacer ton passé pis le mien en même temps. Y a rien comme un bon feu pour ça.

Obom n'a rien dit. Il a mis son chapeau de cow-boy, il a pris sa pipe; il avait l'air d'accord, pas dérangé pour cinq cennes.

— Pis prends-moi pas pour un fou, Obomsawin. C'est plus moi, le Déprimé. Ça fait longtemps que j'ai lâché mes pilules. C'est un acte prémédité, ça, OK? T'en viens-tu, Obom? Pour une fois dans notre vie, on va arrêter de se conter des menteries.

Il n'a rien répondu. Il m'a même aidé à porter les torchons imbibés d'essence dans la maison. Obom n'a rien voulu emporter avec lui pour après: du linge, de quoi manger, un souvenir. Rien.

— C'est pas la première fois que je suis pris pour me débrouiller avec rien. Dépêche-toé.

Je cherchais du papier pour allumer. Il m'a tendu un de mes livres.

— Prends ça, ça brûle mieux avec ce papier-là.

Je n'ai pas hésité une seconde. Envoye! le feu là-dedans, pourriture de menterie! Jamais un autodafé n'a été aussi authentique.

Je suis parti tout de suite après pour me saouler tout seul dans ma chambre avec la bagosse du père Kirkstead, le bootlegger en titre de Sioux. Je m'attendais à tout moment que quelqu'un vienne me faire le reproche d'avoir allumé un incendie criminel. Je me suis endormi, complètement saoul. Le lendemain, j'ai appris qu'on avait arrêté Obom.

21

L'Obomsawin est fini.

Il n'en a plus pour longtemps, il le sait ; Dear Ziggy a fait venir un médecin de Chicago qui a confirmé les premiers diagnostics : au prochain arrêt cardiaque, Obom part pour de bon. Et pourtant, il n'a jamais été de meilleure humeur.

Il y a deux jours, Dear Ziggy a fait une crise devant les micros de la radio, les caméras de la télévision. Il faut arrêter le procès d'Obom, on est en train de l'achever ; elle a parlé à son avocat, lequel a parlé à Obom qui ne veut rien entendre. Qu'on aille jusqu'au bout, il faut finir ça au plus sacrant pour penser à autre chose, enfin !

Dear Ziggy est venue pleurer sur l'épaule d'Obom : fais quelque chose, Obom, laisse-toi pas faire. They want to kill you. Obomsawin a été très patient : il l'a embrassée sur ses vieilles joues lissées et l'a fait reconduire à son hydravion privé par le grand Jim Whiteduck, avec une vingtaine de journalistes jaunes qui racontent toutes les semaines les amours manquées de la grande dame et du grand peintre.

Thomas sait que Dear Ziggy joue un peu la comédie, malgré ses bons mouvements sporadiques : son numéro sert à relancer sa chronique, le prix des peintures d'Obom qu'elle possède grimpe aussi, et elle en possède des dizaines.

— Ça te dérange pas, Obom, qu'on profite de toi comme ça ?

— Non, elle survit à sa façon. Et c'est pas une mauvaise personne, elle m'a aidé quand j'étais mal pris, c'est mon tour…

— T'as pas envie, Ombomsawin, que j'aille me dénoncer ? Dire la vérité...

— Fais jamais ça.

Il rit fort, s'interrompt pour tousser.

— T'es pas tanné de mentir, Obomsawin ?

— Non. J'ai passé ma vie à me prendre pour un autre et à me faire prendre pour un autre. Une fois de plus ou de moins, qu'est-ce que ça peut bien faire ?

— T'as-tu peur de mourir, Obom ?

— Seigneur, non ! J'ai vécu une belle vie, je vais vivre une belle mort, tu vas voir ça !

Jim Whiteduck, le géant, lui aussi désormais peintre connu, me fait discrètement signe de partir. Tom est fatigué.

Tout le monde est de bonne humeur à Sioux Junction. Une compagnie d'arpenteurs de Sudbury a mesuré toutes les maisons de la ville sous la direction du super-agent immobilier Carl Bentham. Les ventes ont commencé, la ville est pleine de monde : des acheteurs surtout, et des transporteurs ; le tiers des maisons de la compagnie minière est déjà parti. Tout le monde fait de bonnes affaires : les particuliers qui paient les maisons à cinq mille piastres, les agents qui font de bonnes commissions, la mine qui rentre dans son argent, les transporteurs qui ont du pain sur la planche. Même l'Hôtel des Draveurs est vendu ; Cécile est folle comme un balai, tellement elle est contente. Jo dit qu'il va s'ennuyer. Les deux partent pour la Floride bientôt, enfin !

Les arpenteurs-géomètres mettent les bouchées doubles. C'est décidé : dans moins d'un an, les eaux du barrage de la Kinashobi auront complètement noyé Sioux Junction. Le nom même de la ville va disparaître de la carte pour de bon. J'ai demandé à Roland Provençal ce qu'il compte faire.

— Je vas aller rester à Hawaï. M'a être capable de me trouver une job de gérant là-bas. Je connais ça, Hawaï : j'ai resté là quinze ans, je faisais du rhum-running pour la Mafia.

— Roland, le rhum-running, c'était dans les Antilles.

— C'est ça que je te dis : Hawaï, c'est dans les Antilles. Pis viens pas m'obstiner : j'ai resté là vingt-cinq ans.

— Salut, Roland ! Bon courage !

— Bonne chance, mon ti-gars ! Si t'as encore besoin d'aide pour écrire tes livres sur Tom Obomsawin, reviens me voir. J'en ai déjà écrit des livres.

— Merci, Roland. Salut !

Moi, je pars demain. Après mon livre, plus personne ne voudra toucher à Obomsawin, quand on saura la vérité. Moi, je ferai autre chose. Il paraît qu'un poste m'attend à Ottawa. Je n'écrirai plus jamais, en tout cas : une promesse que j'ai faite à Obom. Il a dit : quand on n'a plus d'idées, quand on a épuisé son réservoir d'imagination, faut avoir le courage de trouver une nouvelle vocation ou alors, de se taire. T'as fait ta part, mon gars ; arrête, maintenant ; c'est ce que j'aurais dû faire moi-même y a longtemps. J'ai promis, je me lance dans la musique maintenant. Roland Provençal m'a vendu son violon pour cinquante piastres ; il dit que c'est un stradivarius, je l'ai cru pour avoir la paix.

Le verdict sera rendu d'un jour à l'autre. Tout le monde a hâte, même le juge et les avocats qui trouvent que les vacances ont assez duré. Ça a été annoncé hier à la radio : le procureur de la Couronne au procès d'Obom a été nommé juge de la Cour criminelle à North Bay. De son côté, le procureur de la défense s'est bien placé les pieds lui aussi : un cabinet d'avocats à Hamilton l'a engagé à gros salaire, pour son département de litige. Le juge Kendrick dit qu'il s'est réconcilié avec sa famille. Tout le monde a l'air content. Je ne crois pas que je vais rester jusqu'à la fin du procès. Moi aussi, j'en ai assez.

Je mange mon dernier repas à l'Hôtel des Draveurs ; au menu aujourd'hui, de la soupe à l'outarde, des fèves au lard, du pâté de caribou, des grands-pères aux kiwis, un grand verre à eau plein de vin canadien. On est déjà fin août, il a gelé hier soir. C'est décidé : je pars demain, avec Jo Constant qui a des commissions à Thunder Bay. Je suis seul dans la salle à manger, c'est pourtant rare de ce temps-ci ; j'oubliais, il y a aussi Cécile Constant, mais elle ne fait jamais attention à moi ; pour elle, je suis resté le Déprimé.

Hier, l'Obom m'a dit une dernière chose que j'ai dû noter. Je voulais savoir pourquoi il ne quitte plus son banc d'église sur le bord de la Wicked Sarah. Des fois, il pleut ; des fois, il fait froid en maudit.

— C'est ici que je respire la vie, par bouts. Tu peux pas comprendre. Tu te souviens de ce que je t'ai dit, de la première fois avec Carmen ? Pour la première fois, on avait enfin trouvé le tour de s'aimer, nous autres, les deux innocents. On était heureux comme des enfants aimés. On se tenait l'un contre l'autre sur la banquette du vieux camion, les fenêtres fermées à cause des maringouins. Tout d'un coup, elle m'a dit : as-tu remarqué que le sexe de l'homme sent la même chose que le sexe de la femme, surtout après, quand on a fini ? Pis c'est vrai, tout le monde le dit. Nous, on l'apprenait ce soir-là.

Mon petit gars, quand je me suis sauvé du Canada, quatre ou cinq ans pis quatre ou cinq mauvais coups après Carmen, le jour où j'ai senti la mer pour la première fois, crois-le, crois-le pas, j'ai failli perdre connaissance tellement j'étais heureux d'être en vie. C'était son odeur à elle, à moi, à nous deux, à tous les gens qui s'aiment. Quand j'ai respiré l'air de la mer, j'ai compris, dans mon ignorance, dans ma naïveté que tous les hommes sont faits d'eau et viennent de la mer. Cette odeur-là, c'est notre dernier souvenir de la nuit des temps, de l'époque où on était à moitié dinosaures. Comprends-tu ce que je veux dire ? Pis dire qu'y a du monde assez malheureux pour dire que l'amour pue !

Ton Obom va mourir, y se fait pas d'accroires. Quand je viens ici, sur mon banc, je guette les moments où la rivière se calme. Des fois, les bancs de poisson qui passent jettent des bouffées d'odeur qui me rappellent la mer, qui me rappellent... qui me rappellent la vie, mon ti-gars ! Je respire cette odeur-là jusqu'au fond de moi. Dans ces moments-là, je me sens le plus heureux des hommes...

La mère Constant était sortie pour une minute. Elle revient toute énervée.

— Ça y est, c'est fini ! Le procès est fini !!! On va pouvoir s'en aller !!!

Je sors en courant. Tout le monde est déjà dans la rue. Le tribunal se vide. Ils vont tous retrouver Obom sur son banc d'église. Les curieux, les touristes, les acheteurs de maisons fantômes, les témoins, les journalistes, les collectionneurs, les jurés, qui crient tous : Obomsawin, viens t'en avec nous autres ! T'es plus coupable, Obom ! T'es libéré ! Viens, Obom ! Faut te fêter !

Je cours après eux. On me dit qu'Obom est acquitté, le jury n'a pas trouvé la preuve assez accablante. Obomsawin est innocent, il faut aller le lui dire tout de suite, il va être content. Même le juge et les deux avocats sont contents. Ils sont les premiers à marcher devant tout le monde, quasiment indécents avec leurs grandes toges noires que le vent soulève.

En chemin, le procureur de la Couronne me dit qu'il n'interjettera pas appel. Tout cela a assez duré. Ça ne le regarde plus, d'ailleurs. Madame Constant dit qu'on va fêter ça, pas plus tard qu'à soir : il y aura du caribou, de la bagosse, des desserts au kiwi pour tout le monde. Roland Provençal dit qu'il savait que ça finirait comme ça, il a toujours pensé qu'Obom pouvait pas avoir fait une affaire de même.

On arrive au banc d'église sur le bord de la Wicked Sarah. Je crie comme un fou, moi, l'ancien Déprimé, qui ne disait pas quatre mots à personne. Viens, Obom, on a tout effacé, on va recommencer à zéro ! Ton talent va te revenir ! Moi aussi, je récrirai ta vie !

On arrive, tout le monde, les trois toges en tête, pour le féliciter, l'aider à se relever, notre héros !

On troue le cercle d'Indiens qui entourent le banc. Jim Whiteduck tient Obom contre lui.

On dirait qu'Obom dort dans les bras de Jim Whiteduck. On crie tous ensemble : réveille-toé, Obomsawin, t'as gagné, c'est fini ! Obom ne répond pas. Jim Whiteduck caresse le visage souriant d'Obom.

L'Obomsawin. Mort. Célèbre. Immortel.

DU MÊME AUTEUR

Temps pascal, roman, Montréal, Éditions Pierre-Tisseyre, 1982, 161 p.

Nouvelles de la capitale, nouvelles, Montréal, Éditions Québec/Amérique, 1987, 135 p.

L'Obomsawin, roman, Sudbury, Éditions Prise de parole, 1987, 160 p.

Visions de Jude, roman, Montréal, Éditions Québec/Amérique, 1990, 301 p.

L'écureuil noir, roman, Montréal, Éditions du Boréal, 1994, 196 p.

Le canon des Gobelins, nouvelles, Ottawa, Éditions Le Nordir, 1995, 171 p.

Samuel Hearne. Le marcheur de l'Arctique, roman pour la jeunesse, Montréal, Éditions XYZ, 1995, 184 p.

L'homme de paille, Montréal, Éditions du Boréal, 1998, 253 p.

Traductions

KEROUAC, Jack, *Pic*, Montréal/Paris, Éditions Québec/Amérique / Éditions La Table ronde, 1987, 148 p.

KEROUAC, Jack, *Avant la route*, Montréal/Paris, Éditions Québec/Amérique / Éditions La Table ronde, 1990, 512 p.

MITCHELL, W.O, *Le vieil homme, la femme et l'enfant*, Montréal, Éditions Québec/Amérique, 1991, 322 p.

COHEN, Matt, *Monsieur Vogel*, Montréal, Éditions XYZ, 1992, 113 p.

RICHLER, Mordecai, *Oh Canada! Oh Québec! Requiem pour un pays divisé*, Candiac, Éditions Balzac, 1992, 310 p.

COHEN, Matt, *Les mémoires barbelées*, Montréal, Éditions Quinze, 1993, 233 p.

GLOVER, Douglas, *Le récit de voyage en Nouvelle-France de l'abbé peintre Hugues Pommier*, Québec, Éditions L'Instant même, 1994, 221 p.

GLOVER, Douglas, *Le rédempteur*, Québec, Éditions L'Instant même, 1995, 239 p.

COHEN, Matt, *Trotski*, Québec, Éditions L'Instant même, 1996, 217 p.

BEAHEN, William et Stan HORRALL, *Les Tuniques rouges dans la prairie. Le maintien de l'ordre dans l'ouest pionnier, 1886-1900*, Régina, Éditions Printwest, 1998, 375 p.

BQ BIBLIOTHÈQUE QUÉBÉCOISE

Les auteurs publiés dans la collection

ALEXIS, André
APRIL, Jean-Pierre
AQUIN, Hubert
ASSINIWI, Bernard
AUBERT DE GASPÉ, Philippe
AUBERT DE GASPÉ, Philippe (fils)
AUDET, Noël
BARBE, Jean
BARBEAU-LAVALETTE, Anaïs
BARCELO, François
BEAUCHEMIN, Yves
BEAUDOIN, Myriam
BEAUGRAND, Honoré
BEAULIEU, Michel
BERNARD, Marie-Christine
BERTRAND, Pierre
BESSETTE, Arsène
BLAIS, Marie-Claire
BLAIS, Martin
BOLDUC, Charles
BOSCO, Monique
BOUCHARD, Georges
BOUCHARD, Serge
BRÉBEUF, Jean de
BROSSARD, Jacques
BROSSARD, Nicole
BRULOTTE, Gaëtan
CARDINAL, Marie
CARON, Pierre
CARPENTIER, André
CHAPUT, Marcel
CHARBONNEAU, Robert
CHINIQUY, Charles T.
CHOQUETTE, Adrienne
CHOQUETTE, Robert
COHEN, Matt
CONAN, Laure
CRÉMAZIE, Octave
CUSSON, Maurice
DELISLE, Jeanne-Mance
DELISLE, Michael
DEROY-PINEAU, Françoise
DESJARDINS, Louise
DESJARDINS, Martine
DESRUISSEAUX, Pierre
DESSAULLES, Henriette
DICKINSON, John A.
DOR, Georges
DROUIN, Marisol
DUBÉ, Marcel
DUMONT, Fernand
DUPRÉ, Louise
ÉLIE, Robert
FAUCHER DE SAINT-MAURICE
FERGUSON, Trevor
FERRON, Jacques
FERRON, Madeleine
FINDLEY, Timothy
FOLCH-RIBAS, Jacques
FOURNIER, Jules
FRÉCHETTE, Louis
FRÉGAULT, Guy
GAGNON, Daniel
GARNEAU, François-Xavier
GARNEAU, Hector de Saint-Denys
GARNEAU, Jacques
GATTI, Maurizio

GAUMONT, Isabelle
GAUTHIER, Louis
GÉRIN-LAJOIE, Antoine
GERMAIN, Jean-Claude
GILMOUR, David
GIRARD, Rodolphe
GODIN, Jean Cléo
GRANDBOIS, Alain
GRAVELINE, Pierre
GRISÉ, Yolande
GROULX, Lionel
GUÈVREMONT, Germaine
HAEFFELY, Claude
HARVEY, Pauline
HÉBERT, Anne
HÉMON, Louis
HOUDE, Nicole
JACOB, Suzanne
JASMIN, Claude
KATTAN, Naïm
LABERGE, Albert
LACOMBE, Patrice
LACOMBE, Rina
LANDRY, Yves
LAVOIE, Marie-Renée
LATIF-GHATTAS, Mona
LEBLANC, Bertrand B.
LECLERC, Félix
LE MAY, Pamphile
LORANGER, Jean-Aubert
MAILHOT, Laurent
MAILLET, Antonine
MARCEL, Jean
MARCHESSAULT, Jovette
MARCOTTE, Gilles
MARIE-VICTORIN, Frère
MARTEL, Yann
MARTIN, Claire
MASSOUTRE, Guylaine
MAVRIKAKIS, Catherine
MIRON, Gaston
MONTPETIT, Édouard
NELLIGAN, Émile
NEVERS, Edmond de
NOËL, Francine
OUELLETTE, Fernand
PETITJEAN, Léon
PHELPS, Anthony
POLIQUIN, Daniel
PORTAL, Louise
POULIN, Jacques
POUPART, Jean-Marie
PROVOST, Marie
RICHLER, Mordecai
RINGUET
ROCHER, Guy
ROLLIN, Henri
ROYER, Jean
SAGARD, Gabriel
SAINT-MARTIN, Fernande
SAUCIER, Jocelyne
SCOTT, Frank
SÉGUIN, Marc
SHEPPARD, Gordon
SHIELDS, Carol
SZALOWSKI, Pierre
T., Jacques
TARDIVEL, Jules-Paul
THÉRIAULT, Yves
TREMBLAY, Lise
TREMBLAY, Michel
TRUDEL, Marcel
TURCOTTE, Élise
TURGEON, Pierre
VADEBONCŒUR, Pierre
VINCELETTE, Mélanie
YOUNG, Brian
WRIGHT, Ronald
WYCZYNSKI, Paul
YANACOPOULO, Andrée
ZIPORA, Malka

Achevé d'imprimer en septembre 2014
sur les presses de l'imprimerie Gauvin

ÉD. 01 / IMP. 2X

RECYCLÉ
Papier
FSC FSC® C100212